L. Reinirkens

Der letzte Kürbis

HÄDECKE

GESCHICHTEN UND REZEPTE

Leonhard Reinirkens

Der letzte Kürbis und andere Freßgeschichten

illustriert von Sepp Buchegger

HÄDECKE

ISBN 3-7750-0198-0

Schutzumschlag: Lothar Hebel, Heidelberg, nach einem Dia von Gruner + Jahr Fotoservice (Nüttgens).

Satz: Schmid GmbH, Weil der Stadt.
Druck: Röhm GmbH, Sindelfingen, 1989
Printed in Germany.

Inhalt

Der Zweitakter-Vierzylinder tuckerte im Leerlauf.

»Du brauchst doch jetzt deine Motorradbrille nicht mehr«, sagte Mutter. Und Vater nahm die Motorradbrille ab und sagte: »Ich meine, eine Fahrt ins Blaue wäre als Einweihung für das neue Auto am schönsten.«

»Das meine ich nicht«, ließ sich Tante Hortense vernehmen, die mit uns drei Kindern auf die Hinterbank gequetscht saß, »es ist lang und breit besprochen, daß wir Onkel Ferdinand aufsuchen.«

»Au ja, zu Onkel Ferdinand!« schrien wir Kinder, denn wir kannten diesen entlegenen Onkel nur aus Erzählungen und stellten uns, wer weiß was, vor; die Geschichten über ihn waren auch danach.

Unser Vater seufzte tief, was Tante Hortense veranlaßte, halblaut anzufügen: »Schließlich habe ich das Automobil bezahlt.«

Das stimmte. Wie hoch die Erbschaft war, die sie gemacht hatte, wußten wir nicht. »Ihr sollt auch etwas davon haben«, hatte sie gesagt. Und so saßen wir also in der Vierzylinder-Zweitakter-Limousine. Und Vater legte mit großer Vorsicht den ersten Gang ein, indem er zu Mutter sagte: »Dann sieh mal nach, wie wir zu diesem Wolmnitz hinkommen.«

Während Mutter auf der Karte suchte, sagte Tante Hortense von hinten: »Es ist sittliche und familiäre Pflicht, daß wir uns um Ferdinand kümmern.«

»Ich weiß nicht, ich weiß nicht«, murmelte Mutter über der Karte. »Schließlich lebt Onkel Ferdinand in wilder Ehe!«

Das hätte sie nicht sagen dürfen, denn sofort hopste unsere Kleinste vom Sitz, zog Mutter von hinten an den Haaren und schrie: »Was ist das, 'Wilde Ehe'?

Ist Onkel Ferdinand mit 'ner Wilden verheiratet? Ist Tante Hedwig aus'm Urwald?«

Vater nahm den Gang wieder raus, Mutter faltete die Karte zusammen, und beide fingen an zu erklären, was eine wilde Ehe ist. Aber es kam dabei nichts heraus außer Mutters stricktem Befehlt: »Ich will nicht, daß ihr Onkel Ferdinands Lebensgefährtin 'Tante Hedwig' nennt. Für uns ist sie Frau Senftnick, basta!«

»Weil sie 'ne Wilde ist?« kreischte unsere Kleinste und quetschte sich wieder auf die Hinterbank.

Tante Hortense, die inzwischen gemerkt hatte, daß man auch bequemer in dem von ihr bezahlten Auto sitzen könne, sagte mit spitzem Ton: »Für mich ist es äußerst beengt.«

Unsere Mutter nahm die Kleinste auf den Schoß und meinte, »dann kann ich Wolmnitz nicht suchen.«

Aber Vater ließ den Wagen anrollen.

»Nicht so schnell!« rief Mutter. Der Kilometerzähler zeigte auf 20.

»Der Wagen schafft 95!«, sagte Vater.

Und Mutter entgegnete: »Wenn du das tust, steige ich aus.« Dann wurde die Verständigung schwierig, weil wir auf die unbefestigte Landstraße nach Ragant einbogen und die selbsttragende Karosserie das Zweitaktergeblubber schüttelnd und scheppernd verstärkte.

Wie sich zeigte, war Wolmnitz nicht schwer zu erreichen, ebensowenig die Ölbenauerstraße 7.

»Das ist ja ein fast aristokratischer Wohnsitz«, schnaufte Tante Hortense. »Dies Schmiedeeisentor und diese Tujahecke!« Und zu Vater gewandt: »Kurt, bitte, hupe jetzt. Ich habe Frau Senftnick geschrieben, daß wir mit dem Auto kommen.«

Unser Vater hupte.

»Dürfen wir schon raus?« schrien wir, neugierig bis zum Platzen.

Mutter hielt Klärchen, die der Tür zunächst saß, fest: »Ich bin der Ansicht, Tante Hortense spricht erst mal alleine mit Frau Senftnick und mit Onkel Ferdinand.«

Der Vorschlag kam Tante Hortense gelegen. Sie setzte mit viel Umstand und lebhaftem Jammer, daß kein Spiegel zur Hand sei, ihren großen Sommerhut auf, der aber, als sie ausstieg, oben am Türrahmen hängenblieb und verrutschte. Und es sah sehr komisch aus, wie Tante Hortense jetzt mit halber Kniebeuge den Versuch machte, sich im Wagenfenster zu spiegeln, um den Hut zurechtzurücken.

Dann endlich schaukelte sie los. »Hupe nochmal!« rief sie, als sie schon das Schmiedeeisentor öffnete.

Und Vater hupte.

Da ging die Tür unter dem rosenberankten Vordach auf und heraus kugelte eine überall rundliche Person in buntgeblümtem Kleid. Mitten auf dem Vorgartenweg trafen die beiden zusammen. Wir verstanden nichts von den paar Worten, die gewechselt wurden, ehe die kleine Dicke die lange Tante Hortense so heftig umarmte, daß diese den Hut verlor. Aber nicht deshalb tat Tante Hortense einen spitzen Klageschrei, nein! Wir erfuhren vielmehr, als wir ausgestiegen waren: Onkel Ferdinand hatte sich davongemacht.

»Ich war unterwegs einiger Besorgungen wegen, die man dem Dienstmädchen nicht anvertrauen möchte«, schluchzte Frau Senftnick, »ich kam zurück, ich rief, ich suchte . . .« Das alles hörten wir unter Strömen von Tränen. »Und ohne einen Abschiedsgruß!« heulte sie. »Aber er wird doch wiederkommen,« tröstete Vater.

Frau Senftnick schlug die Hände vors Gesicht und sagte zwischen den Fingern durch: »Ich weiß nicht!

Wo er doch Rasierapparat und Ersatzhemd mitgenommen hat.«

Tante Hortense machte ihr hochmütigstes Gesicht und sagte: »Omnia mea mecum porto — alles Meinige trage ich mit mir —, das war schon immer Onkel Ferdinands Wahlspruch.«

Und Vater murmelte mit einem Ton von Bewunderung in der Stimme: »Rasierapparat und Ersatzhemd und ab über alle Berge!« wobei er sich einen scharfen Blick von Mutter fing.

Frau Senftnick war inzwischen hinausgeeilt. Das Dienstmädchen brachte Kaffee. Sie selber kam händeringend zurück: »Es ist so garnichts im Haus durch diese Aufregung.« Dann schlug sie plötzlich die Hände zusammen: »Doch ja, wenigstens für die Kleinen habe ich was; die schönsten Erdbeeren aus dem Garten!«

Das Dienstmädchen trug drei Schüsselchen mit Erdbeeren herein, auf denen sich Sahneberge erhoben.

Das war mehr als Sonn- und Feiertagsnachtisch; und die Portionen waren größer als zuhaus; und die Schlagsahne schmeckte wie von himmlischen Kühen; und die Erdbeeren waren frei von aller Erdenschwere. »Bitte eßt anständig!« mahnte unsere Mutter.

Und auf einmal begann unsere Kleinste, die ihr Schüsselchen in atemberaubender Schnelligkeit leergegessen hatte, zu singen: »Tante Hedwig ist 'ne Wilde und kommt aus Feuerland . . .« Nach bekannter Melodie sang sie ihr Loblied, hüpfte durchs Zimmer und umarmte schließlich Frau Senftnick. Wir beiden anderen mußten schrecklich lachen. Die Erwachsenen blickten entgeistert, sahen sich dann gegenseitig an, und Tante Hortense sagte säuerlich: »Die Kinder sind etwas überspannt. Diese moderne

Erziehung!« Und sie zog die Augenbrauen hoch. Aber Vater rief: »Das ist doch Quatsch. Ich will die Erdbeeren probieren!«

Vater kriegte eine Portion und kostete und rief: »Köstlich, das ist ja köstlich!«

Und Mutter probierte auch und schrie auf: »Das ist ja alkoholisch!«

Frau Senftnick hob bestürzt die Patschhändchen unter das runde Kinn: »Oh, das hatte ich vergessen: Die Erdbeeren sind in Sherry eingelegt und mit etwas Champagner vor dem Servieren übergossen, die Sahne ist mit Cointreau geschlagen, ein Rezept von Ferdinand.« Und erneut brachen ihre Tränen hervor.

Der tragische Anblick ernüchterte uns alle. Die arme Verlassene trocknete hastig ihre Tränen, als der Gärtner eintrat und meldete, im Garten fehle der dickste Kürbis, jenes Prachtexemplar, das Frau Senftnick so treffend »den Rekordkürbis« genannt habe. Im Geräteschuppen aber sei die zweirädrige, gummibereifte Karre offenbar gestohlen, obwohl er abgeschlossen und den Schlüssel an den bekannten verborgenen Haken gehängt habe.

»Nichts da, gestohlen!« rief Frau Senftnick aufspringend, und ihre tränennassen Bäckchen gingen verklärt in die Breite. »Jetzt fügt sich alles zur Lösung des Rätsels! Gestern noch hat Ferdinand mit dem Zollstock den Kürbis vermessen und festgestellt, daß er nicht in unseren Backofen paßt.«

»Ein Kürbis im Backofen?« fragte unsere Mutter mit hausfraulicher Nüchternheit. »Man legt einen Kürbis süß-sauer ein!«

»Nein!« rief Frau Senftnick, »Ferdinand hatte etwas Besonderes vor mit dem Rekordkürbis. Und ich weiß jetzt auch, wohin er möglicherweise den Kürbis gefahren hat: zu Bäcker Pregel in Pölzenau, um in dessen Backofen das Experiment zu machen.«

Vater stand auf und sagte: »Dann werden wir doch mal in Pölzenau nachforschen.« Frau Senftnick nahm seine beiden Hände und küßte sie.

Das Wetter war schön, die Chaussee nach Pölzenau mit Birnbäumen beständen; manchmal hüpfte ein Rad über eine abgefallene, harte Birne. Vater meinte: »Ich könnte gut verstehen, wenn sich Onkel Ferdinand bei Frau Senftnick ein bißchen eingeengt gefühlt hat.«

Mutter sah zum Fenster seitlich raus und knurrte: »Auf solche Weise bricht man selbst aus einer wilden Ehe nicht aus!«

Gottlob war unsere Kleinste eingeschlafen und kam nicht mehr auf die »Wilden aus Feuerland« zurück.

Meister Pregel eilte selber, rund und mehlbestäubt, aus der Backstube, nachdem wir im Laden nach Onkel Ferdinand gefragt hatten. Er drückte uns allen die Hand und floß über von Lobeshymnen auf Onkel Ferdinand: was das für ein gebildeter, dabei gar nicht hochmütiger Mensch sei, herzlich, umgänglich, dabei ein exzellenter Kenner von Weinen und Spirituosen, ein Feinschmecker voll von eigener Phantasie.

So redend, während Tante Hortense ununterbrochen stolz und bestätigend nickte, hatte Meister Pregel uns in den Raum zwischen Laden und Backstube geführt, wo Kuchendüfte jeder Art schwebten und wallten, so daß wir alle schlucken mußten.

Und der Meister wies auf einige Bleche mit länglichen, braun und appetitlich glänzenden Stücken: »Ferdinands Erfindung,« sagte er mit Ergriffenheit. »Übriggebliebenes Weißbrot wird von mir nicht mehr zu schwerverkäuflichem Paniermehl verarbeitet, sondern in Scheiben geschnitten, die Scheiben in der Mitte geteilt . . . Aber bitte, greifen Sie doch zu!«

Das ließen wir uns nicht zweimal sagen; unsere

Kleinste mampfte schon auf beiden Backen. Nur Mutter wandte ein: »Hoffentlich nicht wieder Alkoholisches!«

Der Bäckermeister erklärte: »Die Scheiben werden in Milch geweicht, in geschlagenes Ei getaucht, belegt mit getrockneten Apfelringen und Rosinen oder mit getrockneten Aprikosen und Mandelsplittern; die Früchte sind eine Nacht in Apricot-Brandy geweicht worden . . .«

»Um des Himmels Willen, die Kinder!« schrie unsere Mutter. Aber der Bäcker ließ sich nicht unterbrechen in seiner begeisterten Schilderung: »Das Brot wurde vorher in Butter geröstet, das vergaß ich; dann, wenn es mit den Früchten belegt ist, wird noch eine Mischung aus Honig, gequirltem Ei und Sherry darübergegossen. . .«

»Nein, das dürfen die Kinder nicht essen!« Und Mutter riß unserer Kleinsten das zweite Stück aus den Zähnen. Die fing ein gottsjämmerliches Geschrei an. Aus dem Laden kamen die zwei Töchter Pregel, aus der Backstube rannten die Gesellen herbei, die Treppe hinab eilte Frau Pregel, hinter ihr die gehbehinderte alte Frau Pregel; und aufstöhnend kapitulierte Mutter und gab unserer Kleinsten das Stück zurück.

»Es kann nicht mehr viel Alkohol drin sein.« Meister Pregel legte Mutter begütigend die mehlige Hand auf die Schulter. »Das Ganze wurde ja nochmal volle 20 Minuten im Backofen überbacken.«

Da offenbar die gesamte Belegschaft der Bäckerei Pregel versammelt war, nutzte unser Vater die Gelegenheit und fragte endlich nach dem Verbleib von Onkel Ferdinand.

Doch Meister Pregel konnte nur Vermutungen anstellen: »Ferdinand kam hierher, weil er gehofft hatte, seinen Riesenkürbis in unserem Backofen unterbringen zu können. Aber natürlich haben wir einen modernen Dampfbackofen, Öffnungshöhe 20 Zentimeter.«

Tante Hortense rüttelte Meister Pregel am Arm: »Wohin könnte er denn von hier aus sein?«

Der Bäcker legte den Finger überlegend an die Nase, was dort einen weißen Fleck ergab, worüber wir sehr albern kichern mußten. — »Ich meine«, sagte Pregel, »er sprach davon, seinen Freund Albert Weiß, Chefkoch im Hotel 'Prinz Georg' in Hohental, aufzusuchen.«

»Wir können doch jetzt nicht auch noch nach Hohental fahren!« jammerte Mutter.

Tante Hortense wandte sich schon zur Tür und sagte »Wir sind geradezu verpflichtet dazu, auch im Hinblick auf Frau Senftnick!«

Vater und Mutter standen noch unschlüssig, als vom oberen Treppenabsatz die alte Frau Pregel mit ihrem Gehstock aufstampfend rief: »Hoffentlich steckt der Teufel diesen Ferdinand selber in seinen größten Backofen, daß er nicht länger solide Leute zum Saufen verführen kann wie meinen armen Sohn!«

Tante Hortense zog, Vater und Mutter schoben, und im Nu saßen wir wieder im Zweitakter-Vierzylinder. »Eine derartig perfide und primitive Person, diese alte Frau Pregel«, zischte die Tante und versank während der ganzen Fahrt in ein spitziges Schweigen, offenbar, weil Vater über ihre Bemerkung gelacht hatte.

Das Hotel »Prinz Georg«, so erfuhren wir in Hohenstein, liegt in Bahnhofsnähe; der Bahnhof von Hohenstein befindet sich außerhalb des Ortes inmitten von Rübenfeldern.

Nur unter Schwierigkeiten drangen wir bis zum Chefkoch Albert Weiß in sein vom Geklapper der

Töpfe, Pfannen, Rührlöffel und Quirle erfülltes Reich vor. Herr Weiß war einer jener Köche von wahrhaft erstklassigem Zuschnitt und sichtbar ausschließlich um das Wohl seiner Gäste bemüht, denn um seine spindeldürre Gestalt schlotterte die weiße Berufskleidung, und sein Gesicht wandte sich uns gelblich, spitz und faltenreich zu, als er sagte: Nein, Herr Ferdinand habe mit seinem dicken Kürbis leider weiterziehen müssen, denn auch der größte Backofen in der Küche des Hotels »Prinz Georg« sei nicht geräumig genug gewesen, die Riesenfrucht ganz und ungeteilt aufzunehmen.

»Warum, in aller Welt, wollte dieser Ferdinand den Riesenkürbis bloß ganz und ungeteilt lassen?« rief unsere Mutter.

»Das weiß ich auch nicht.« Der Chefkoch zog die mageren Schultern hoch und hob die knochigen Hände. »Es sollte wohl ein Experiment werden. Und über Unerprobtes hat Herr Ferdinand nie geplaudert. Hingegen verdanke ich ihm manches hervorragende Rezept.«

Und Chefkoch Weiß hob den Deckel von einer Kasserolle. »Wie würzig dieser Duft«, rief Tante Hortense und fächelte mit ihrem großen Hut, den sie wegen des Betriebs und der Hitze in der Küche abgenommen hatte.

Unsere Mutter zog die Nase kraus und sagte: »Ich meine, das riecht schon wieder alkoholisch!«

»Es ist Hühnchen in Cognac, Bourbon und Portwein«, erläuterte Herr Weiß.

Etwa alles durcheinander?« rief Mutter.

»Wollen Sie probieren?«

»Keinesfalls!«

Aber unser Vater schnupperte über der Kasserolle und sagte: »Mir ist ganz flau von dem süßen Zeug bei Bäcker Pregel!«

Der Chefkoch hob mit dem Schöpflöffel ein Hühnerbein auf einen Teller, gab einen Löffel Reis dazu, goß Soße darüber.
«Nachher bist du nicht mehr in der Lage Auto zu fahren«, jammerte Mutter. Aber Vater war schon beim Essen.

Ein Schmerzensschrei ließ uns alle zusammenfahren. Unsere Kleinste hatte ein weiteres Hühnerbein aus der Soße gefischt, schlenkerte die rechte Hand mit den verbrannten Fingern, aß aber linkshändig tapfer und unter Tränen.

»Es ist genug«, sagte Mutter, »wir fahren nach Hause!«

Da setzte Tante Hortense ihren Hut mit einem einzigen Griff auf den Kopf und sagte: »Bitte, dann seht zu, daß ihr noch einen Zug bekommt. Das Auto habe ich bezahlt, und ich nehme gegebenenfalls einen Chauffeur und suche allein weiter nach Onkel Ferdinand.«

Wir Kinder begriffen damals noch nicht, weshalb Vater und Mutter so erschrocken zusammenzuckten. Erst viel später erfuhren wir, daß Tante Hortense ein ausgesprochenes Faible für Chauffeure hatte, und daß man sich einer höchst dramatischen und kostspieligen Affaire erinnerte, die allerdings ein Jahrzehnt zurücklag. Jedenfalls sagte unser Vater sofort: »Gut, gut, dann suchen wir eben, obwohl es schon dämmert und kein Mensch weiß, wo man noch suchen könnte. Oder ahnen Sie, Herr Weiß, wohin Ferdinand gezogen sein könnte?«

Chefkoch Albert Weiß sann nach und erinnerte sich: »Herr Ferdinand sagte zu mir, ehe er seinen Kürbis wieder auflud: Ich werde es jetzt irgendwo im Freien machen.«

»Irgendwo im Freien«, wiederholte Vater. »Ein weiter Begriff!«

Wenn man nur wüßte, was er im Freien machen will?«, sagte Tante Hortense ratlos.

Da trat aufgeregt ein kleiner Mann in grauem Arbeitskittel in die Küche. »Die Kellertür ist geöffnet worden!« meldete er nach Luft ringend. »Sechs Flaschen Puligny-Montrachet fehlen!«

Das gelbliche Gesicht von Chefkoch Weiß wurde blaß und dann rot. »Puligny-Montrachet!« hauchte er. »Unser teuerster Weißwein, der edelste weiße Burgunder, der beste Wein, der in Europa gedeiht!«

»Wenn da nur nicht die feine Zunge deines Onkels Ferdinand im Spiel ist!« zischte Mutter ziemlich laut Tante Hortense zu.

Vater mußte trennen; die Tante war tatsächlich mit geballten Fäusten auf Mutter losgegangen. Der kleine Mann im grauen Kittel sagte: »Ich sah den Dieb auf dem Fahrrad davonfahren, eine richtig abgerissene Gestalt auf einem rotlackierten Fahrrad.«

Tante Hortense, wieder zu Atem gekommen, fauchte: »Da sieht man, wie gemein ihr diesen edlen, niveauvollen Menschen verleumdet! Onkel Ferdinand kann doch nicht radfahren, und abgerissen sieht er niemals aus!«

Und Chefkoch Weiß stimmte zu: »Nein, bei allem, was recht ist, ein Diebstahl, das ist Herrn Ferdinands Art zuallerletzt! Was er von hier mitnahm, das hat er von mir erbeten: ein Töpfchen Sahne, ein Töpfchen Fleischbrühe, etwa 200 Gramm Gruyère schön reif, den er noch auf dieser Reibe hier gerieben hat; dazu etwa hundert Gramm geriebene Walnüsse, drei Eigelb, ja, und Pfeffer und Salz, und den bekannten Hauch Muskat nahm er mit, indem er ihn auf die Eigelbe rieb, die er in einem verschließbaren leeren Crème-fraîche-Töpfchen transportierte.«

»Und garnichts Alkoholisches!« konnte unsere Mutter sich nicht enthalten zu sagen.

Das war zuviel für Tante Hortense; mit einem Zischen eilte sie hinaus.

»Rasch ihr nach«, rief Vater, »sonst setzt sie sich selbst ans Steuer und fährt uns weg!«

Und so war die Verabschiedung von Chefkoch Weiß eher hastig. Er rief uns noch nach: »Durch den Wald, dann kommt man nach zwei Kilometern auf die Landstraße! Das kürzt ab!«

Hoher Buchen- und Tannenwald war's, und auf dem Weg lag schon die Dunkelheit. Der Wagen hüpfte und holperte über Schlaglöcher und Karrenspuren.

»In der Fahrschule bin ich nie mit Scheinwerfer gefahren«, ächzte unser Vater und hielt das Steuer sehr krampfhaft. »Halt lieber an!« jammerte Mutter.

»Ich übernachte nicht im Walde!«, sprach Tante Hortense. Es war ihr erster Satz auf dieser Etappe.

»Sollen wir wegen Onkel Ferdinand den schönen Wagen ruinieren?«, schrie Mutter.

Und die Tante schrie zurück: »Ich habe den schönen Wagen bezahlt!«

Und wie als Ausrufezeichen hinter dieser Feststellung tat der Zweitakter-Vierzylinder samt selbsttragender Karosserie einen Sprung, schleuderte ein bißchen quer voran und kam schief im Gras über dem Graben zum Stehen. Der Motor hielt die Luft an. Im Wald sangen abendliche Vögel. — Von hinten rechts kam ein verebbendes Blasen. — »Plattgefahren«, meldete unser Vater, nachdem er um den Wagen herumgegangen war.

»Was nun?« fragte Hortense.

Vater sagte nach einiger Zeit: »Hinten haben wir ein Ersatzrad.« Aber er plumpste wieder auf den Fahrersitz und ließ die Beine aus der offenen Tür hängen. Und dann sagte er: »Ich weiß nicht so recht, wie das geht mit dem Wechseln.«

»Wir schlafen alle im Auto!« kreischte unsere Kleinste. Unser Vater zuckte die Schultern: »Vielleicht ist das garnicht so unvernünftig.«

Doch in diesem Augenblick tönte es durch Gezweig und Busch von kräftigen Männerkehlen gesungen, nicht allzufern her klingend: »Im Wald, im grünen Wald, wo meine Büchse knallt, da ist mein Jagdrevier und auch mein Nachtquartier. Hallihallo, hallihallo! Und auch mein Nachtquartier!«

Und nun sahen wir zwischen den Stämmen Feuerschein. Vater sprach: »Das sind Jäger. Ich denke, die wissen, wie man ein Rad wechselt.« Und er stieg aus.

»Allein bleibe ich keinesfalls im Wagen!«, rief Tante Hortense und folgte ihm, und Mutter folgte ihr. Und unsere Kleinste war sowieso schon vorausgerannt und kam zurück und berichtete: »Das sind lauter Wilde, 'n ganzer Negerkral!«

Das Jagdlied hatte viele Strophen, und näherkommend hörten wir, daß eine Einzelstimme jeweils eine jede Strophe leise halb sprach, halb sang, ehe der Chor einsetzte.

Tante Hortense bleib stehen und sagte mit vibrierender Ergriffenheit: »Das ist Onkel Ferdinand! Oh, dieser unvergleichliche Romantiker!«

Das Feuer loderte auf einer Lichtung. »Die Leute sehen aus wie Tippelbrüder«, sagte Mutter leise.

Da saßen sie, schwarze Schattenrisse diejenigen, die uns den Rücken wandten, rot beflackert die auf der anderen Seite.

»Im Wald, im grünen Wald, da finde ich dich bald, Forstmeisters Töchterlein; ich will dein Wilddieb sein! Hallihallo . . .« Und so weiter.

Wenn ich's heute bedenke, so will mir scheinen, es handelte sich um eines jener Volkslieder, die schließlich gern eine moralisch bedenkliche Wendung nehmen. Aber dahin kam es nicht, denn Tante Hortense bahnte sich mit einem spitzen Schrei ihren Weg durch Heidelbeere, Fingerhut und Eberesche; am Feuer erhob sich der Vorsänger, ein Herr, tadellos gekleidet, weißer, steifer Kragen mit umgeschlagenen Ecken, breite Seidenkrawatte, schwarze, sommerlich leichte Lüsterjacke und dunkle, gestreifte Beinkleider.

Wir begriffen: Er, dem nun Tante Hortense in die Arme sank, war Onkel Ferdinand.

Und er stellte formvollendet die drei Gestalten vor, die mit ihm rund ums Feuer saßen: »Hein, Max und Koni!« Die drei sprangen auf und verbeugten sich, nachdem Onkel Ferdinand eine Bewegung mit beiden Händen gemacht hat, wie ein Dirigent, der am Schluß des Konzerts das Orchester aufstehen läßt. Sie waren unrasiert bis bärtig verwuchert, kragenlos und ausgefranst. Aber Onkel Ferdinand erklärte: »Eigentlich Heinrich aus Markgräflich-Meißenschem Hause, Maximilian aus Wittelsbacher Geschlecht und Konrad, der sich direkt zu den Saliern zurückführt, alle von höchstem Adel; doch was bedeutet das heutzutage? und deshalb auf Wanderschaft in bessere Zeiten.«

Es klirrte gläsern; Vater war nähertretend mit dem Fuß an eine Flasche im Waldmeister gestoßen. Er hob die leere Flasche hoch.

»Puligny-Montrachet«, sagte Onkel Ferdinand ruhig. »Ja, Adel verpflichtet. Einer der Herren sollte auf meine Bitte hin etwas Kochwein holen; und natürlich hat er — alte Schule — zum Besten gegriffen. Das wird selbstredend beglichen.«

Er wies auf einen gefällten Buchenstamm: »Nehmt doch bitte Platz. Es ist ohnedies soweit, daß aufgetragen werden kann.«

Erst jetzt wurde uns der sanft-aromatische Duft bewußt, der über die Lichtung wehte und nichts hatte von erdigem Waldgeruch und Tannennadelessenz. Man roch Fleischbrühe, Nußartiges, Sahniges, Fruchtiges.

Einer der Herren von Adel verteilte aus einem Korb Teller und Löffel. »Meißen!« rief Mutter, die immer alles Porzellan von hinten ansieht. »Die Schwerter!«

»Schwerter mit Stern«, ergänzte Onkel Ferdinand. »Graf Marcolini, napoleonische Zeit.«

Unserer Mutter blieb sichtbar die Luft weg: »Man kann doch nicht einfach dies kostbare Geschirr der Frau Senftnick wegnehmen. Die hat doch Leid genug!«

»Auf Leid folgt Freud!« bemerkte Onkel Ferdinand kurzum und obenhin und schritt zu einer Stelle im Waldboden, über der wir im Aufflackern des Feuers weißliche Dämpfe bemerkten. «Kommen wir denn nunmehr«, sprach Onkel Ferdinand feierlich, »zum Servieren des Rekordkürbisses aus Hedwig Senftnicks Garten!« — Er wandte sich an einen der Herren und sagte: »Dürfte ich um Ihre Spezialhandschuhe bitten, Verehrtester?« — Der Herr mit dem in der Schulternaht lose hängenden Ärmel und der schiefgeknöpften Weste zog aus der Jackentasche ein Paar dicke Filzhandschuhe.

Und damit hob Onkel Ferdinand, unter gewaltiger Anstrengung und Aufbietung aller Kräfte, mit Ächzen und Schnaufen, angefeuert durch die Rufe der adeligen Herren, langsam den Riesenkürbis aus der dampfenden Erdgrube.

»Es gab keine andere Möglichkeit als diese vorgeschichtliche Kochmethode«, dozierte er. »Man unterhält einige Stunden lang ein Feuer in einer Erdgrube, erhitzt dabei zugleich Steine; legt nach Abbrennen des Feuers das Kochgut hinein und deckt mit den erhitzten Steinen ab.«

»Aber man hätte den Kürbis doch zerschneiden und süßsauer einlegen können!« rief Mutter.

Onkel Ferdinand lachte mitleidig: »Was ist das gegen eine Kürbissuppe, im Kürbis selber gekocht und serviert.« Und er hob, am Kürbisstiel angreifend, den vorher ausgeschnittenen Deckel ab, so daß uns nun das volle Aroma der Kürbissuppe entgegenstömte.

»Fülle das Innere«, Onkel Ferdinand sang förmlich hingerissen von seinem Werk, »fülle das Innere, nachdem du's entleert hast von Kernen und Fasern, mit geröstetem Weißbrot und geriebenem Gruyère; gib Sahne dazu, noch mehr Fleischbrühe, geraspelte Walnüsse füge hinzu, gieß' weißen Wein an, pfeff're und salze und scheu' keine Zeit, keine Stunde, den Kürbis samt Suppe darin ganz langsam und lange zu garen.«

Mit einem silbernen Schöpflöffel, offenbar auch von Frau Senftnicks kostbarem Küchengerät, füllte er die Teller, schabte dabei zu jeder Portion von der Innenwand des natürlichen Topfes Kürbisfleisch, und ließ uns so alle teilhaben an seiner mühsam realisierten Vision: Kürbissuppe im Kürbis.

Konrad aus dem Hause der Salier zog den Korken aus einer Flasche Puligny-Montrachet, die er zwischen die Füße geklemmt hatte, wobei ihm komischerweise die Sohle vom Oberleder sprang und seine Zehen sichtbar wurden.

Und unsere Kleinste rief: »Ich habe heut überall was zu essen gekriegt, Onkel Ferdinand! Aber deine Kürbissuppe ist das Beste von allem!« Und sie war nicht davon abzuhalten, sich beim Essen dicht neben Onkel Ferdinand zu setzen, was dieser offenbar als hohe Auszeichnung genoß.

Nach dem zweiten Teller Kürbissuppe, den sie nicht mehr ganz schaffte, stieß unsere Kleinste Onkel Ferdinand an und sagte: »In solchen Erdgruben kochen, das machen doch auch die Wilden!« Onkel Ferdinand nickte.

»Du hast bestimmt von der wilden Tante Hedwig gelernt, wie man so kocht, oder?«

Und Onkel Ferdinand nickte lachend.

»Und ist Tante Hedwig tatsächlich eine Wilde aus Feuerland?« Es zeigte sich, daß der kinderlose Onkel Ferdinand mehr Sinn für kindliche Phantasie hatte, als unsere Eltern, denn er sah unsere Kleinste ganz erstaunt und verblüfft an und sagte: »Ich frage mich, wie du das rausgebracht hast?«

Da aber nun mal die Rede auf Frau Hedwig Senftnick gekommen war, griff Tante Hortense das Thema auf, blickte Onkel Ferdinand tragisch beschwörend in die Augen und sagte: »Ach, sie leidet so.«

»Jaja, das kommt von das«, sagte Onkel Ferdinand ziemlich unfroh. »Des einen Leid ist des anderen Freud'.«

»Nun rede nicht drumherum«, sagte Tante Hortense. »Wir packen gleich alles zusammen, setzen dich ins Auto und bringen dich nach Wolmnitz zurück.«

Onkel Ferdinands Augen verengten sich: »Mit dem Auto?« fragte er und brummte: »Vor lauter kochen und reden hab ich mich gar nicht gefragt, wie ihr hierher kommt!« Und ganz direkt: »Ihr habt also ein Auto!«

Unser Vater nickte: »Leider ist ein Reifen platt. Das Ersatzrad müßte angeschraubt werden.« Er sah die Herren von hohem Adel an und sagte: »Vielleicht weiß von Ihnen jemand, wie man das macht.«

Maximilian vom Geschlecht der Wittelsbacher ließ sofort den Löffel fallen, mit dem er noch im Inneren des Kürbis herumgekratzt hatte: »Gewiß doch«, rief er, »wir sind alle drei gelernte Automechaniker! Sie brauchen gar nicht mitzukommen; das erledigen wir im Handumdrehen.« Und fort waren die drei.

»Das nenne ich ja einen wirklichen Glücksfall.« Unser Vater atmete erleichtert auf.

»Wie kommt ihr denn zu einem Auto?« fragte ihn Ferdinand. Vater zeigte auf Tante Hortense: »Sie war so lieb, den Wagen anzuschaffen. Sie hat geerbt.«

Onkel Ferdinand zog die Brauen hoch und starrte Hortense durchbohrend an: »Geerbt?« rief er. Vom Waldrand kam das Echo zurück: »Geerbt!« — Onkel Ferdinand trat dicht an Tante Hortense heran: »Das kann doch nur aus dem Verkauf der Firma in Loßwitz gewesen sein, die Firma von Onkel Karl-Eugen! Da habe ich doch wohl als Bruder größere Anrechte!«

»Du warst ja nicht auffindbar!« schrie Tante Hortense.

»Du hast es wohl vermieden, mich beizeiten suchen zu lassen!«, rief Onkel Ferdinand.

»Einem Alkoholiker wie dir soviel Geld in die Hand geben, heißt ihn ermorden!« kreischte die Tante.

»Du raffgieriges Biest!« brüllte Ferdinand.

»Du versoffener Heiratsschwindler!« geiferte Hortense.

»Du verlogene Moraltrompete!«

»Du notorischer Hochstapler!«

Für uns Kinder war es ein lustiges Kasperletheater, und wir waren recht enttäuscht, daß die beiden mit einemmal verstummten. Doch dann hörten wir in die Stille hinein unseren Zweitakter-Vierzylinder blubbern und anfahren, fröhlich ertönte die Hupe, nochmal und wieder, und nun schon recht entfernt.

»Die sind weggefahren«, sagte Vater.

»Das kann ich nicht glauben!« stieß unsere Mutter hervor.

Wir tasteten uns durch den Wald zur Straße zurück. »Sie werden eine Probefahrt gemacht haben«, meinte Tante Hortense.

Onkel Ferdinand sagte garnichts.

Und so warteten wir, an der Grabenböschung sitzend. Es wurde kühl, die Mücken summten und stachen, ab und an raschelte es im Gebüsch. Sonst geschah garnichts, nur daß in immer größeren Abständen der Streit zwischen Onkel Ferdinand und Tante Hortense, halblaut gezischt und geknurrt, wieder aufflackerte. Und plötzlich, nach einem solchen Schußwechsel, sagte Onkel Ferdinand: »Da ist ja noch das Fahrrad! Ja, das Fahrrad, mit dem der eine von den dreien den Wein aus dem »Prinz Georg« geholt hat!«

Da Onkel Ferdinand selber nicht Fahrradfahren konnte, mußte unser Vater das rote Fahrrad aus dem Gebüsch holen und losstrampeln, um im nächsten Ort Hilfe zu holen.

»Ich werde nicht ruhen, bis ich in Hohenstein ein Taxi oder eine Kutsche aufgetrieben habe«, sagte er und stieg in die Pedale.

Aber er kam nicht mehr zurück, solang die Nacht sich dehnte. Die Vögel im Wald fingen an zu flöten, zu pfeifen, zu schmettern. Die Sonne hob sich schon, da hörten wir auf dem Waldweg das Rollen der Reifen, das Klappern vom Schutzblech. Wir sprangen auf und rannten los und schrien: »Papa! Hier sind wir!«

Und standen vor einem dicken Gendarm, der vom Sattel stieg und sich den Schweiß wischte. Er sah uns an. Er ließ seinen Blick über die Erwachsenen gleiten und sagte: »Tatsächlich, die Angaben des Inhaftierten stimmen mit dem Ergebnis der Augenscheineinnahme überein.«

Vater war in Hohenstein verhaftet worden. Der

Diebstahl von sechs Flaschen Puligny-Montrachet mittels eines roten Fahrrades war längst angezeigt und polizeilicherseits bekannt gewesen.

Wir kehrten auf die Lichtung zurück, packten das Meißengeschirr der Hedwig Senftnick in den Korb, luden ihn auf die zweirädrige Karre und zogen ab, unseren Vater zu befreien.

Unsere Kleine sah sich nochmal um. Da stand im Morgensonnenglanz der dicke Kürbis mitten auf der Lichtung. »Warum nehmen wir den nicht mit?« weinte sie.

»Der ist jetzt hohl und leergegessen«, sagte Tante Hortense und zog sie weiter. »Das ist jetzt alles nur noch eitler Schein!«

Und auf die Frage: »Was ist das 'eitler Schein'?«, schwieg sie überhaupt und schwieg noch lange auf diesem mühsamen Rückweg.

Die Bar »Aragon« in Palma de Mallorca, gleich am Hafen links die kleine Gasse hoch, war ein beliebter Treffpunkt für deutsche Rentner. Gut für mich, denn ich war damals ein bißchen gestrandet, finanziell und auch was die Gefühle angeht. Laura hatte mich wegen eines norwegischen Einhandseglers verlassen.

Laura schwamm schon Richtung Teneriffa, während ich den deutschen Rentnern von meiner Atlantiküberquerung erzählte, eine Fahrt um Kap Horn anhängte, weil sie mich so bereitwillig mit Rotwein und Fischsuppe versorgten, und schließlich noch die Antarktis in meine Seglerabenteuer einbezog. Gottlob hatte ich mal die Reisebeschreibungen des James Cook gelesen, und die deutschen Rentner glaubten sowieso alles, weil sie sich so schrecklich langweilten.

Da, eines Abends, trat ein kleiner dicklicher Mann an unseren Tisch, hörte mir eine Weile schweigend zu und sagte dann: »Schöne Geschichten, Herrschaften. Aber nichts gegen meine Segelabenteuer. Ich habe in meinem Leben dreimal Italien umrundet.«

Alles verstummte zunächst, dann aber rief ein pensionierter Oberstudienrat: »Italien zu umrunden, ist eine Unmöglichkeit zu Schiff. Italien ist am europäischen Festland angehängt und dies auf der langen Strecke zwischen Triest und San Remo. Überdies zieht der Appennin — wie ein Rückgrat aus den Alpen hervorgehend — sich durch die ganze Halbinsel, auch am oberen, am nördlichen Teil. Ich habe 47 Jahre Geographie unterrichtet, auch in der Prima und mir macht man nichts vor.«

Alles lachte schallend. Der kleine dickliche Herr zog die Schultern hoch und ging hinaus.

Als ich selber, sehr viel später, die Bar »Aragon«

verließ, weil der Wirt die Stühle hochstellte und kein Rentner mehr da war, mir einen auszugeben, als ich zum Hafen schwankte, meiner »Rondinella« entgegen, da stand er bei der Capitaneria an den Fahnenmast gelehnt. Ich schlug ihm auf die Schulter: »Alter Fahrensmann«, sagte ich, »wäre dieser verflixte pensionierte Oberstudienrat nicht gewesen, ich hätte an deinem Seemannsgarn mitgestrickt: Umrundung Italiens, hahaha!«

Der Dicke blieb ernst. Er verbeugte sich, er stellte sich vor: »Doktor Justus Fliehtmann, Ornithologe.«

Ich wurde ein bißchen nüchterner. Er sagte und ging neben mir her: »Ich möchte Ihnen gerne beweisen, daß ich die reine Wahrheit gesagt habe.«

»Mann«, sagte ich, »niemand fährt um Italien herum. Daran ist seinerzeit sogar der alte Odysseus gescheitert.«

Ich steuerte den Liegeplatz meines Bootes an. Als ich den Fuß auf Deck setzte, sah ich: Doktor Fliehtmann war mir gefolgt. »Ich möchte es ihnen beweisen«, sagte er ganz ernst.

Er war ein seefester Mann, der kleine, dicke Doktor der Vogelkunde. In der Straße von Messina hatten wir Windstärke neun, da merkt man, wen man bei sich hat.

Wir liefen in Landsicht die adriatische Küste nach Norden hinauf. Wir gewöhnten uns aneinander. Doktor Fliehtmann war überdies ein ausgezeichneter Koch, und da er auch die Einkäufe erledigte, dachte ich: »Mag er spinnen, dieser Doktor, nützlich ist er; genau das, was ich brauche.«

So kamen wir eines Abends nach Cesenatico nördlich von Rimini. Cesenatico hat einen ausgezeichneten Kanalhafen, der gute Liegeplätze bietet. Nur hat das Wasser dieses Hafens keinen sehr angenehmen Geruch.

»Übernachten wir im Hotel Bellaria«, sagte Doktor Fliehtmann. »Es ist sowieso die letzte Nacht vor dem großen Unternehmen.« Und als ich Daumen und Zeigefinger vor seiner Nase rieb, klopfte er mir beruhigend die Schulter. Der Koch allerdings war jetzt — außerhalb der Saison — in den Bergen bei seiner Familie, wie uns Signora Chialtra, die Padrona des Bellaria sagte. Doch sie kannte Doktor Fliehtmann.

»Ich habe vor jeder meiner bisherigen Italienumrundungen hier übernachtet«, bemerkte er zu mir — und so durften wir in die Hotelküche. Und da zauberte nun der Ornithologe vor meinen staunenden Augen die seltsamste Fischsuppe, zugleich die angenehmste, die mir bisher zwischen Ägäis und Golf von Mexiko begegnet war, angenhm aus dem einfachen Grund, weil man endlich mal mit Gräten nicht das geringste zu tun hatte und sich einem wahrhaft ungehemmten Genuß hingeben konnte.

Wir tranken zwei Flaschen vom hellroten Wein aus Carema. Als ich die dritte Flasche bestellen wollte, winkte Fliehtmann ab: »Wir müssen sehr früh aufbrechen«, sagte er, zog eine flache Taschenflasche mit österreichischem Rum hervor, reichte sie mir und sagte: »Auf Ihre erste und auf meine vierte Umrundung der italienischen Halbinsel.«

Übrigens tat Doktor Fliehtmann den nicht unbedeutenden Rest der Fischsuppe in ein Schraubglas. »Das nehmen wir morgen früh mit an Bord«, sagte er. »In den nächsten aufregenden Tagen wird es uns vielleicht an Konzentration fehlen, eine anständige Spaghettisoße zuzubereiten.«

Ich schlief unruhig. Ich wurde wach, ich sah auf die Uhr, Mitternacht war vorbei. Ich sah auf das Nebenbett: es war leer.

Mich durchzuckte der Gedanke, daß Doktor Fliehtmann sich davongemacht hätte.

Ich stand auf und trat ans Fenster. Unter mir breitete sich die Piazza Garibaldi im Schein weniger Laternen, Mondlicht streute eine Bahn über den Kanal, schlafend und schwarz lag Cesenatico; das kleine Pinienwäldchen steuerbords malte lange Schatten auf's Pflaster.

Und da, eben aus diesem Schatten, sah ich eine Gestalt treten, zwei Gestalten, einen kleinen dicklichen Mann und eine großgewachsene, schlanke Dame in sehr kurzem Rock. Unter einer Laterne hielten sie an, diskutierend offenbar. Ich erkannte: es war Doktor Fliehtmann.

»Sieh an, diese alten Vogelkundler!« dachte ich und beobachtete den kleinen Streit, der sich da unten offenbar um das Honorar abspielte. Fliehtmann drückte der Dame Scheine in die Hand, noch einen und noch einen, und da erst stöckelte sie davon mit ihren langen Beinen, die lange Schatten warfen, verschwand Richtung Kanalhafen, und Doktor Fliehtmann latschte sichtlich ermüdet auf das Bellaria zu.

Ich kroch rasch wieder ins Bett, zog mir die Decke über die Ohren und schnarchte wegen der Diskretion.

Auch in Italien ist das Morgenlicht kalt, wenn man so früh aus dem Schlaf gerissen wird wie ich. »Anker auf, Segel hoch, Leinen los!« rief Doktor Fliehtmann. Seine runden Bäckchen glühten. Es war noch niemand auf im Hotel, der uns einen Espresso hätte machen können.

Der Wind wehte achterlich, als wir Kurs nach Norden nahmen. Doktor Fliehtmann beobachtete scharf den Strand, vor allem die schilfigen Flußmündungen, an denen wir ab und an vorbeiliefen. Er war sehr schweigsam.

Kaum hatten wir Pomposa hinter uns, da befahl Fliehtmann: »Vier Reffs ins Großsegel, Vorsegel einholen, beidrehen.« – Ich mußte das alles alleine ausführen, Fliehtmann starrte nur immer zum Ufer. Es war dies eine Bucht, mit einem wahren Urwald von Schilf bestanden, über dem nur ein verfallener Palco, ein Hochsitz, offenbar für die Entenjagd, aufragte. »Hier ist es«, sagte Fliehtmann. Der Bug meines Bootes schob sich rauschend durch das Schilfdickicht. Die Fahrt wurde langsamer; dann lagen wir still.

»Abtakeln!« sagte Doktor Fliehtmann.

Ich sah ihn an. »Abtakeln«, wiederholte er.

»Verzeihen Sie, Doktor Fliehtmann«, sagte ich. »Gewiß, Sie haben das Kommando bei diesem Unternehmen, und ich bin weit entfernt, unseemännisch Widerspruch zu äußern, aber ich bin sicher, Sie meinen den Befehl: Segel bergen und festmachen!«

»Ich habe abtakeln gesagt«, wiederholte Fliehtmann. Er sprach mit leichter Schärfe, und so führte ich die recht mühselige Prozedur aus, die man sonst nur unternimmt, wenn man ein Boot einwintert, alles wurde abgenommen und verpackt: Segel, Rundhölzer, stehendes und laufendes Gut.

Fliehtmann half nicht im Geringsten. Er beobachtete mit dem Glas den Himmel, das Ufer. Ein paar Vögel kreisten über uns, sah ich.

Da nahm er mich beim Arm. »Kommen Sie!« Und er zog mich zum Kajütniedergang, treppab. –

Ganz unvorbereitet traf mich die Überraschung. – Ich hatte nicht entfernt daran gedacht, wem ich hier unten begegnen würde. Wir waren beide an diesem Morgen noch nicht unter Deck gewesen. Und nun sah ich, und traute meinen Augen nicht, da lag auf der Koje rechts dies langbeinige Wesen von der

Piazza Garibaldi in Cesenatico. Obenherum war sie üppiger, als ich es in der Nacht hatte erkennen können, sie trug auch jetzt meinen Bademantel und der hat keine Knöpfe, sondern nur einen Gürtel.

»É pronta signorina?« fragte der Doktor mit großer Selbstverständlichkeit.

Sie nickte mit ihrer hochgetürmten, schwarzgelackten Frisur. Sie schwenkte die langen Beine über den Kojenrand, stand auf und ließ gleichzeitig meinen Bademantel auf den Kajütboden fallen. Und so stieg sie, atemberaubend, langbeinig und hüftenschwingend den Kajütniedergang empor ins flirrende Morgenlicht und verschwand.

Ich wollte ihr nach, aber Fliehtmann hielt mich eisern am Arm. »Von nun an«, sagte er, »Dürfen wir uns um keinen Preis mehr an Deck blicken lassen.«

Die Sache wurde nur noch rätselhafter, als Doktor Fliehtmann einen Drehbohrer ans Kajütendeck ansetzte und ein Loch bohrte. –

»Bitte«, sagte er und trat zurück. »Beobachten Sie. Ich kenne den weiteren Ablauf.«

Ich blickte durch das Loch und sah die Signorina aus Cesenatico, wie sie sich auf der Ruderbank räkelte. Die Morgensonne wärmte schon und spielte mit goldenen und bronzenen Reflexen auf ihrer Haut. Und dann zog ein Schatten über dies bezaubernde Bild. Ich schaute hoch: Ein großer, eher plump wirkender Vogel kreiste um den Mast. Er stieß glockenhafte Rufe aus, und schon gesellten sich Artgenossen zu ihm, aus dem Schilf auffliegend, von allen Seiten herbeischießend, ein Schwarm, dicht und geräuschvoll, die Sonne verdunkelnd, unheimlich.

An meinem Ohr flüsterte Doktor Fliehtmann: »Sind Sie Lateiner? Dann kennen Sie sicher den alten Spruch: 'Nuda veritas vocat rara avis. – Die nackte Wahrheit ruft den seltenen Vogel' – Hier ist der

Beweis«, sagte er. »Und die griechische Sage von Leda und dem Schwan, die kennen Sie sicher auch.« — Ich nickte.

»Dann«, sagte Doktor Fliehtmann«, haben Sie schon alle wissenschaftlichen Voraussetzungen beisammen, das, was nun geschehen wird, zu begreifen.«

»Aber das sind doch keine Schwäne«, sagte ich. Fliehtmann lachte: »Natürlich nicht, mein Bester. Hier handelt es sich um den Numenius arquatus, einen Brachvogel, eine sehr gesellige und kräftige Spielart.«

Draußen ertönte ein lauter Vogelschrei. Ich wandte mich wieder dem Bohrloch zu und ich sah, wie der Vogel, der zuerst über dem Boot gekreist hatte, das Leittier offenbar, in kühnem Sturzflug herabstieß, und sofort folgte ihm der ganze Schwarm brausend und kreischend, ohrenbetäubend. Die Vögel verschwanden rechts und links der Reling aus meinem Blickfeld, und nun platschte es im Brackwasser unter uns, rauschte und brach das Schilf, Flügel klatschten an die Bordwände. Ich sah ängstlich zum Doktor hin. Der legte mir beruhigend die Hand auf die Schulter.

Beruhigung war nötig. Das Schiff schwankte, hob sich, durchs Bullauge sah ich Schilf vorbeistreichen, immer rascher.

»Wir nehmen Fahrt auf!« schrie ich entsetzt.
Aber Doktor Fliehtmann hantierte seelenruhig mit Kompaß und Lineal auf der Karte Oberitaliens. Er blickte kurz auf, lächelte und sagte: »Hauptsache, die Richtung stimmt.«

Am Bullauge zog flacher Sandstrand vorbei, einzelne Pinien, letzte Sanddünen, dann querten wir eine Straße, tauchten in ein Maisfeld ein.

»Bitte, erklären Sie mir endlich, was hier geschieht!« Ich rüttelte den kleinen Doktor an den

Schultern. »Die ersten Häuser von Bugia«, zeigte er und nickte erfreut: »Die Richtung stimmt.«

Und dann wandte er sich gelassen mir zu und dozierte: »Daß Vögel sich in weibliche Wesen verlieben können, lehrt die Geschichte von Leda und dem Schwan, wie gesagt. Die Leitvögel von der Art Numenius arquatus sind für weibliche Reize noch empfänglicher als Schwäne. Unter uns laufen im Augenblick schätzungsweise 1200 Numenius arquatus – Füße. Das Leittier hat den Befehl gegeben, das weibliche Wesen an Deck in sein Nest zu bringen.«

Ich muß wohl ein sehr befremdetes und enttäuschtes Gesicht gemacht haben, denn Fliehtmann lachte und fuhr gleich fort —: »Keine Sorge, wir enden keineswegs mit unserer Reise im nahegelegenen Schilfnest des Vogels. Wir sind längst daran vorbei. Denn die Natur hat die Füße des Numenius arquatus so eingerichtet, daß sie belastet nur in gerader Richtung marschieren können.«

In diesem Augenblick hielt unser Schiff. Durchs Bohrloch sah ich, wir standen vor der geschlossenen Schranke der Eisenbahnlinie Ferrara-Rimini.

»In gerader Richtung«, wiederholte der Doktor, »und diese Richtung —« er wandte sich wieder zur Karte — »zielt genau auf Rapallo an der ligurischen Küste.

Fliehtmann füllte zwei Becher mit österreichischem Rum: »Auf unsere Umrundung Italiens!« Und er sagte mit feinem Lächeln: »Gewiß», wir betrügen die Natur. Aber tut das nicht auch jede Bäuerin, die eine Kuh melkt?«

Der Direttissimo Milano-Ancona-Foggia donnerte vorüber, die Schranke vor uns hob sich mit mißtönendem Läutewerk. Wir nahmen wieder Fahrt auf. »Aber werden uns die Tiere nicht irgendwo unterwegs absetzen?« fragte ich.

Fliehtmann wiegte grinsend den Kopf: »Sie täten es gerne. Aber sie sind anatomisch nicht in der Lage dazu. Erst im Wasser können sie sich wieder von der einmal aufgenommenen Last befreien, im Wasser, und das heißt im Tyrrhenischen Meer.« Und er trank seinen Rum mit einem einzigen Schluck.

Fünf Tage und fünf Nächte waren wir ununterbrochen in Fahrt. Muß ich den Tierfreunden versichern, daß wir die Vögel selbstverständlich fütterten, indem wir vom Klüverbaum aus Nahrung für sie abwarfen? Gewiß wurde dabei viel zertreten, aber es kamen doch alle zu ihrem Recht.

Von der Berghöhe etwas nördlich von Rapallo sahen wir, als der sechste Morgen graute, endlich wieder das Meer. In einer kleinen, verschlafenen Bucht setzten uns die Tiere ab.

Doktor Fliehtmann reichte der ausdauernden Signorina eine Fahrkarte Rapallo — La Spezia — Parma — Rimini — Cesenatico. Er hatte sie schon in Cesenatico gekauft. So sicher war dieser ausgezeichnete Wissenschaftler seiner Sache gewesen.

Die Dame stöckelte am Strand davon, schwenkte ihr Täschchen noch ein paarmal zum Abschied und verschwand auf der Via Aurelia.

Als wir die »Rondinella« schon wieder aufgetakelt hatten, sahen wir über dem Stationsgebäude von Rapallo einen riesigen Vogelschwarm kreisen.

Doktor Fliehtmann hob mit einiger Verlegenheit die Schultern, als ich ihn darauf aufmerksam machte. »Ja«, sagte er, darin liegt nun eine gewisse Schwierigkeit, allerdings nicht für uns. Aber die Damen werden die Vögel nur sehr schwer wieder los.

Ich will hier erzählen, wie ich seinerzeit zum erstenmal nach Italien kam — das ist lange her — und dabei gleich sozusagen auf internationale Ebene geriet. Man reiste damals noch nicht mit Regelmäßigkeit und über alle möglichen Grenzen, sondern eher mit dem Fahrrad, dem Vorortzug, der Straßenbahn ins nächstgelegene Schwimmbad.

Die Zeiten waren eben anders; was jedoch besonders anders war — und das müssen Sie sich merken, um diese Geschichte zu verstehen — hunderttausend Lire waren noch eine erhebliche Summe Geldes, stellten noch einen erklecklichen Wert dar, waren etwas so Majestätisches wie ihr Klang auf Italienisch: Centomila, centomila!

Nicht freiwillig war ich nach Italien gelangt. Vielmehr hatte eine Seifenfirma dem klugen Kopf, der ihr Preisrätsel lösen und bei der notariell bewachten Auslosung gewinnen würde »vierzehn Tage Hauptstadt der Antike« versprochen:

»Annabella ist hautfreundlich und duftapart«, war da gedruckt; und die beiden Fragen lauteten: »Wie ist Annabella für die Haut? — Wie ist der Duft von Annabella?«

Ich gewann den ersten Preis. Nun weiß man ja: Prag ist die Goldene Stadt, Berlin die Weltstadt mit Herz, es kann auch München sein, Istanbul ist das Tor zum Orient und so weiter. Als ich die per Einschreiben übersandte Fahrkarte las, erfuhr ich: die Hauptstadt der Antike, das ist Rom.

So ratterte denn also der Rapido unter mir nach Milano und Genova, über Firenze und Orvieto, und ich schaute in mein Buch: »Italienisch in 14 Tagen«. Fleiß hat seinen Lohn: In Rom konnte ich mich schon nahezu mühelos zu meiner Pension durchfragen; sie lag in der »Via delle santi quattro Coronati«, in der Straße zu den vier gekrönten Heiligen, ruhige Straße, Bäume, hohe, alte Häuser.

Einen Straßenkehrer fragte ich: »Wie heißen die vier gekrönten Heiligen?« — Er verstand meine Frage, aber er wußte die Namen nicht.

Auch meine Pensionswirte konnten mir nicht helfen. Es war ein älteres Ehepaar aus Moers am Niederrhein. Die Pension selbst war keineswegs feudal aber heimelig. Und das machte: ich fühlte mich hier wohl, ich konnte am ersten Tag völlig ungestört die Lektionen drei und vier lernen. Das Wetter draußen war schön, aber, wie mir schien, ein wenig heiß. Am zweiten Tag widmete ich mich der Lektion fünf, nun wurde es langsam schon etwas schwieriger, und ich dachte: wenn du das Lehrbuch wirklich in den vierzehn Tagen durcharbeiten willst, dann mußt du dich dranhalten.

Am dritten Tag kam das Ehepaar aus Moers am Niederrhein nach dem Frühstück auf mein Zimmer und war ganz beunruhigt: ob mir nicht gut wäre? Ich müßte doch mal rausgehen, Rom sei voll von Sehenswürdigkeiten. — Ich hatte dergleichen befürchtet. — Sie sagten: Wenigstens das Colosseum müßte ich mir ansehen, das liege gleich um die Ecke sozusagen: die Via delle santi quattro Coronati runter, dann links, nächste rechts, und schon sieht man's daliegen.

Ich mußte also meine Italienischlektion abbrechen.

Und eine knappe Viertelstunde später war ich umgeben von dem auch damals schon turbulenten Verkehr Roms, der donnernd, blitzend und hupend um dies alte, steinerne Denkmal der Antike herumstrudelt, daß einem Angst und Bange werden konnte.

Mein Gott, was heißt »Der Stadtplan«, forschte ich in meinem Gehirn; denn einen Stadtplan brauche ich sicher, wenn ich mich ohne allzuviel Fragen zur Via delle santi quattro Coronati zurückfinden will. Da hält mit aufjaulenden Pneus ein unverkennbar amerikanischer Straßenkreuzer neben mir, offenes Verdeck, am Steuer ein Typ, wie man ihn nur aus Filmen kennt: strahlend, selbstsicher, Weltmann, Sportsmann, Selfmademan, Businessman, alles auf den ersten Blick erkennbar. Und der redet mich auf englisch an, und englisch kann ich ein bißchen.

»Verzeihen Sie«, sagt er, »ich suche das Gebäude der Shell-Company hier in Rom.«

»Sorry, sorry!» muß ich antworten. »Leider bin ich auch nicht von hier, kann nicht helfen, bin selber in Sorge, wie ich zur Via delle santi quattro Coronati zurückkomme.«

Da strahlt der große Junge mich an, macht die Beifahrertür weit auf und ruft: »Mann, was für ein Glück! Der erste Mensch, den ich frage, spricht perfekt englisch!«

Naja, so ein Kompliment überwältigt einen natürlich. »Steigen Sie ein, Mann!« Und er knallt vor mir hergreifend schon die Tür hinter mir zu. Und er hat schon fünf Wagenkolonnen, trotz eines wütenden Hupinfernos, durchschnitten und kreiselt rund um das Colosseum, während ich mühsam erkläre, daß ich erst in die Anfangsgründe des Italienischen eingedrungen bin. »die fünfte Lektion wollte ich gerade anfangen«, sage ich.

Er tut einen Schrei, wie man ihn aus Western-Filmen kennt und ruft: »Mann, Italienisch kann er auch. Fünfte Lektion! Wonderful! — jetzt gleich werden Sie jemand fragen nach dem Verwaltungsgebäude der Shell-Company!« Und wieder durchbricht er die sich verzweifelt sperrenden Wagenkolonnen, wieder schleudert er kurzerhand an die Bordsteinkante und zeigt: »Den da, den fragen Sie!«

Da steht ein Herr, ein wirklicher Herr in dunklem Ulster und Melone, den Stockschirm am Arm, wie man ihn eigentlich in London in der City treffen müßte, steht ein Herr vornehm lässig an einen Laternenpfahl gelehnt und liest, liest in einer Zeitung, das Konservativste an Zeitung, was es gibt: »Il Quotidiano«

Aber der Amerikaner schreit einfach »Hello!« Und schon faltet der Herr langsam die Zeitung zusammen und kommt gemessenen Schritts an unser Auto.

Ich habe genug Zeit, meinen Satz zu präsentieren. »Scusimi«, beginne ich, und der Herr nickt aufmunternd, so daß ich mutig fortfahre: »Wo ist das Haus der Shell-Company, bitte!«

Keine Antwort. Der Herr visiert lange nachsinnend über den Bernsteinknauf seines Schirms. Wenn er mich nicht verstanden hätte? Wenn ich mich falsch ausgedrückt hätte!?

Aber dann holt er Luft, sieht den Amerikaner an, sieht mich an und sagt: »Das ist sehr schwierig!«

Kaum habe ich das ins Englische übersetzt, da beugt sich der Amerikaner rüber, macht die hintere Wagentür auf ruft: »Wonderful! Sagen Sie dem netten Burschen, er soll auch einsteigen und mitfahren!«

Und tatsächlich, ehe ich noch eine sehr vereinfachte Übersetzung fertig habe, sitzt der Herr mit Melone schon auf der Rückbank.

Wir fahren durch Rom, das heißt, es schießt und rotiert an uns vorbei das antike, das ewige, das moderne Rom mit Lichtfluten und Schattenschluchten, und der vornehme Römer kommandiert: »A destra!« und »A sinistra!« und »In diritto!« und ich übersetze, und der Amerikaner dreht am Steuer und läßt sein Signalhorn blöken und die Reifen quietschen. Plötzlich kommt von hinten der Befehl: »Alto! Ferma!«

Wir sind angekommen beim Gebäude mit der gelben Muschel über dem Eingang.

»Wartet!« und der Amerikaner federt schon über den Bürgersteig und die Freitreppe hoch. »Only one minute!« Die große Glastür schwingt und wirft Sonnenspeere auf uns.

Also, wir warten, warten gar nicht lange. Die Glastür wischt diesmal müde Reflexe in unsere entsetzt aufgerissenen Augen, die einen gebeugten, schlaffen, sich den Kopf ratlos kratzenden Mann fast mühsam die Treppenstufen abwärts gehen sehen. Wie kann ein Mensch sich in weniger als einer Minute so verändern, vom Welteroberer zum kaputten Typ; gebrochen, möchte man sagen, so kommt er auf den Wagen zu.

Was denkt man als ängstlicher Kleinbürger? Ist dieser Mann überhaupt noch in der Lage, dich in die Via delle santi quattro Coronati zurückzubringen?

Beschämend, zumal mich der Römer von hinten anstößt und sagt: »Fragen Sie ihn, wie wir ihm helfen können?«

Das ist menschlich, christlich, abendländisch. Ich übersetze, und der Amerikaner hebt den Kopf, sein Gesicht ist feierlich, ein Lächeln bleckt ihm die Zähne, er stößt vier, fünf Lacher ganz tief aus der Brust, breitet die Arme aus und packt uns beide um die Schultern, drückt uns und sagt mit heiserer Stimme: »Helfen wollt ihr mir?« Und lacht wieder, das macht seine Stimme frei und strahlend: »Wonderful! Das nenne ich Völkerfreundschaft!«

Der edle Römer bleibt cool: »Fragen Sie ihn, wo das Problem ist?«

»No, no, never!« ruft der große Junge. Nie wird er uns mit seinen Problemen belasten. Er ist schon mit ganz anderen Schwierigkeiten fertiggeworden.

Aber der Römer gibt keine Ruhe, und so kommt

die Situation ans Licht. Die Geschichte ist einfach: Unser Amerikaner kommt eben von Seattle oder war's Vancouver, jedenfalls via London hier an, will bei der Shell-Company Freund George treffen, ganz großer internationaler Manager, Superklasse. George schuldet unserem Amerikaner noch 10000 Dollar; was heißt »schuldet«? Freundschaftskredit seinerzeit in Kisangani gegeben, früher Stanleyville. Also 10000 Dollar sind für Freund George normal ein Tip, ein Trinkgeld, Lappalie. Aber, wie's das Unglück will: Freund George ist nicht da, mußte ganz plötzlich nach Djakarta düsen, oder Katmandu, jedenfalls in die Gegend. Und nun steht man da, muß noch abends weiter, via Madrid nach Caracas. Es geht um Abschlüsse für die United Steel, und es geht um viele Millionen Dollar und ein bißchen geht es zudem um das Funktionieren der Weltwirtschaft.

Während ich schwitzend das alles zu übersetzen versuche, denke ich dauernd: ob er mich versteht, der Römer?

Und das Wunder tritt ein: kaum mache ich eine Pause, da packt er den Amerikaner am Arm, schüttelt ihn und sagt: »Wir helfen, egal wie, wir lassen keinen Freund im Stich!«

Das ist für den Amerikaner das Stichwort: er strahlt auf, wie eine Glühbirne, ganz Sonny-Boy wieder. Und er fährt mit beiden Händen in sämtliche Taschen und holt überall Lirescheine heraus, hat sie alle auf der flachen Hand, schlägt drauf und jubelt: »Für ein Mittagessen langt's! — Ein Freund ist mehr wert als eine Million Dollar! Altes amerikanisches Sprichwort! — Ich lade euch beide ein!«

Kein Wort brauche ich zu dolmetschen, da poltert der vornehme Römer schon los: das käme wohl zuallerletzt in Frage, uns das Mittagessen bezahlen lassen von einem unglücksgeschlagenen Freund aus Amerika. Nein, nicht ein einziges Fünf-Lire Stück dürfe er ausgeben! — Das schwirrt mir in den Ohren von »Fortezza! Gentilezza! Generosità! Solidarietà!«

Das Ende der langen, gestenreich vorgetragenen Rede: Wir laden den Amerikaner unsererseits zum Essen ein. Und der Edelmann aus Rom kennt sich natürlich aus und weiß, wo's was Besonderes gibt: bei Alfredo in Trastévere!

Ich wunderte mich, wie beispielhaft gewandt der Amerikaner seine Spaghetti auf die Gabel drehte, während ich zunächst versucht hatte, mundgerechte Stücke daraus zu schneiden. Ja, ein Weltmann kann eben alles. — Ich meinerseits kannte bis dahin an Teigwarengerichten nur Bandnudeln mit Backpflaumen. — Dies aber waren, wie mir der Römer erklärte, Spaghetti di Alfredo speciale, und die köstliche Soße basiere auf Hühnerfleisch und Schinken; aber nachher in der Küche von Alfredo sah ich: es war Schinkenspeck.

Wir hatten zuerst einen ziemlich leichten Polcevéra getrunken, zum Hammel »al forno« danach gab es einen trockenen aber doch recht gehaltvollen Elba Rosso. Der Hammel war zart, man brauchte kaum zu kauen. Aber wir vergaßen das Kauen dann ganz, als der Amerikaner seine Gabel, auf der ein Stück Hammel spießte, hob und verkündete, er hätte mal eben in Gedanken einen Überschlag gemacht: eigentlich brauche er nur lumpige 500 Dollar, es sei zum Lachen, aber die brauche er dringend, da sei die Zahlungsfähigkeit von United Steel nicht gerade gefährdet, aber das hinge doch eng zusammen mit den weltweiten Verbindungen von South Mining und der kritischen Situation von Caribean-Trade-Association. Rund um die Welt seien es etwa 80000 Arbeitsplätze, die von den lächerlichen 500 Dollar abhingen, die ihm augenblicklich fehlten.

Mittagsglut und Wein, Herzensgleichklang, Mitgefühl und Magenfreuden beflügelten meinen Geist zu niegeahnter Sprachvirtuosität, mit der ich den ganzen komplizierten Sachverhalt flüssig, rasch und dazu auch noch verständlich dem Römer klarmachte; denn dieser so unendlich distinguierte Signore, dieser kühle Aristrokat verlor unvermittelt die Contenance; es brach aus ihm heraus: »500 Dollar!«, schrie er und lachte in grausiger Verzweiflung. »500 Dollar, so ein Nichts, so eine Summe, über die mehr als ein Wort zu verlieren, einen erröten lassen müßte.« — Und nun folgten Vokabeln, die ich noch nicht gehabt hatte: »Tristezza, sfortuna, sventura, disgrazia . . .« Aber es war leicht zu erfassen, das alles bedeutete soviel wie »Pech«: Was für ein Pech, dieser Linksruck der Democrazia Christiana, der in der letzten Woche die Börsenkurse ruinierte! Welches Pech, war doch just vorgestern die Gattin hinter die zarten Beziehungen zu jener liebreizenden, weltberühmten Schauspielerin gekommen; was für ein Pech, daß deshalb der Angetrauten dieser unerhört teure sibirisch-kaukasische Zobelmantel gekauft werden mußte, daß man die von der notwendigen Trennung bis zu Selbstmordgedanken niedergebrochene Schauspielerin nur mit einem Schmuckensemble — Brillanten natürlich, was sonst — wieder der Welt zurückgewinnen konnte . . . Und nun weinte er richtige dicke Tränen in die Reste seines Hammels al forno, der edle Menschenfreund aus Rom.

Auch mir würgte es in der Kehle, vor allem deshalb, weil niemand mich fragte, ob ich denn nicht vielleicht zufällig 500 Dollar hätte. Offenbar sah ich nicht danach aus. Aber wenn man mich um das Geld angegangen wäre, wie gerne hätte ich, um dem Römer mein mit ihm gleichschwingendes Herz bloßzulegen, gesagt: »Würde ich 500 Dollar haben, gäbe ich sie gerne unserem Freund aus Amerika.« — Aber der Konjunktiv, die Wenn-Form sozusagen, war bis zur fünften Lektion noch nicht vorgekommen. So schwieg ich denn. Der Kellner brachte als Zwischengericht kleine grüne Klößchen. Der Römer trocknete mit blütenweißem Batisttuch seine Tränen und sagte: »Ah, das sind die Spezial-Gnocchi Alfredos!« Und er schmatzte laut, stieß mich an und sagte: »Kommen Sie, sehen Sie sich die Küche von Alfredo an!« Rasch wechselt bei diesen Südländern bekanntlich die Stimmung.

Er zieht mich mit. Man kennt ihn hier, ein bedeutender, ein berühmter Mann; Verbeugungen und ehrfurchtsvoll gemurmeltes »Buon giorno, Commendatore!« — »Salute, Signor Conte!«

Die Schwingtür zur Küche wird vor uns aufgetan, und wir stürzen in ein vielfaches Tutti von Schlagzeugen: rasend pochende Hackbretter, synkopisch versetzt dazu das mannigfach getönte Zischen der Schneebesen, Akzente von den Gußeisengongs der Kasserollen und Pfannen, klirrende Spitzlichter der Porzellanplatten und Schüsseln, darüber signalhafte rezitativische Rufe, Befehle, Schreie; retardierendes Element: das schwere, unregelmäßige Schwappen der Schwingtür, wenn eilige Kellner sie mit dem Fuß aufstoßen, ständig fluchend, langgezogen in gregorianischen Perioden, fluchend auf den Chef, die Köche, die Spülfrauen, die Kollegen, die Gäste, vor allem die Gäste; dieses polyrhytmische Inferno, gelagert auf dem Ostinato eines gequälten, überforderten Ventilators, der Schwaden und Dünste, Gluthitze und Rußeruptionen irgendwohin befördert, ohne die Atmosphäre in dieser vulkanischen Schmiede der Gaumengenüsse atembarer, transparenter, erträglicher zu machen. Aus dem fetten Nebel hervorschimmernd weißgraue Kochmützen, durchgeschwitzte Kopftücher, nackte, mehlbestaubte Arme, bloße, dunkelbehaarte Brustkästen, alles in Bewegung aus Dampf und Dunkelheiten auftauchend, wieder verschwindend, überflackert manchmal vom Auflodern einer Feuerstelle, bald hier bald da, wenn eine Pfanne weggezogen wurde.

Und der Conte, der Commendatore, der Principe möglicherweise, der mich mitzieht durch diesen kochenden, brodelnden Krater der Gastronomie, alles neigt sich vor ihm, selbst die beiden grotesk-dürren gnomenhaften Alten, die den Riesenkessel mit Spaghetti durch diese Unterwelt schleppen, krümmen die krummen Rücken. Und der spitzbäuchige Chef unterbricht sein Kommandogeschrei, führt uns in eine Ecke, vor ein von Fett und Staub erblindetes Fenster, wo ein Hüne die riesigen Handflächen gegeneinanderreibt, virtuos, denn jeweils nach fünf Reibebewegungen fallen drei gleichmäßig mirabellengroße Gnocchi verde aufs Brett, werden eingereiht in die Phalanx der schon gefertigten grünen Klößchen.

»Spinacio, ricotta, uove, farina, parmigiano . . .«, zählt der capo della cucina die Ingredienzen auf. Wir kehren zurück in die Welt der weißen Tischtücher und höflichen Kellner und zu den fertigen Gnocchi verde, die schon ein bißchen kalt geworden sind.

Man wird begreifen, daß mir der Kopf schwirrte, mehr noch als vorher, daß ich den kühnen Sprüngen, die der Amerikaner in seiner Verzweiflung vollführte, völlig fasziniert folgte; wenn er etwa plötzlich wieder lachend rief: »Sie kennen doch den berühmten Lederstrumpf, den Pfadfinder, Sie haben Gary Cooper im Film gesehen! Na also, dann wissen Sie ja, was amerikanisch ist! Nicht totzukriegen! Und das Essen werden wir uns keinesfalls verderben lassen!«

Wir kamen nach einer Melanzane, gefüllt mit Thunfisch und Kalbfleisch endlich zum Käse — Stunden waren vergangen —, wir kamen auch zu einem neuen Wein, zum Malvasia di Bosa, der auf Sardinien wächst, und der einem im römischen Mittag das Gehirn in feinperlenden Blasen zum blauen Himmel steigen läßt.

Da fängt der Amerikaner plötzlich an zu lachen und schlägt sich mit der flachen Hand vor die Stirn. Der Römer beugt sich vor mit sorgenzerfurchtem Gesicht und dem Ausdruck: »Dio mio, jetzt ist er übergeschnappt vor Leid!«

»Wie konnte ich das vergessen!«, ruft der Amerikaner übermütig. Und er gräbt in den Taschen, holt eine goldene Armbanduhr hervor und legt sie aufs Tischtuch, sagt: »35 Steine!« Legt noch eine daneben: »Waterproof bis 200 Meter!« Und eine dritte: »Quarzgesteuert, genau auf zwei Sekunden in tausend Jahren!« Schließlich starren wir geblendet von all dem Gold auf zehn gleißende Armbanduhren. »Werbegeschenke der Firma Stüßli & Bourdain, Genf!«, lacht der Amerikaner. »Ich sollte sie gelegentlich Geschäftsfreunden der Firma überreichen. Der alte Bourdain wird sich freuen, wenn er hört, wie seine Uhren mir aus der Patsche geholfen haben.« Und er schlägt dem edlen Römer auf die Schuler: »Was, alter Junge, das hilft aus meilentiefer Patsche!«

Der Römer aber sagt garnichts, sondern starrt auf die Uhren, nimmt eine nach der anderen in die Hand, schnauft schwer, dreht sie, prüft, horcht, schüttelt sie.

Plötzlich stößt er mich geradezu wütend in die Seite: »Maledetto, so fragen Sie doch endlich, was er für die Uhren haben will!«

Ich fragte also, und der Amerikaner lehnt sich zurück und sagt: »Hunderttausend Lire, mehr brauche ich nicht, wenn ich's genau überschlage. Hunderttausend Lire!«

»Centomila Lire!« übersetze ich.

Der Römer krampft seine Hand in meinen Arm: »Pro Uhr centomila?« fragt er heiser.

Der Amerikaner versteht und lacht: »Nein, nein, alle zusammen!«

Da hört der Römer auf zu atmen, obwohl seine Nasenlöcher ganz weit werden, so weit wie seine grausig aufgerissenen Augen; so sehen Leute aus, denke ich, die der Schlag trifft.

Ich bekomme es mit der Angst, als er mich an beide Revers faßt, mich ganz dicht zu sich zieht und mir ins Gesicht hechelt: »Bei der santissima Madonna von Erculano, jede dieser Uhren ist hunderttausend wert, duecento, trecento vielleicht. Und für alle, für alle will er nicht mehr als centomila!«
Jetzt sinkt er mir an die Brust und ein Schluchzen schüttelt ihn, ein trockenes, krampfhaftes Schluchzen. Und es ist wirklich ein Wunder, wie er überhaupt Worte herausbringt, Worte dazu auch noch, die ich verstehe: »O, Signore, ewig will ich Ihrer gedenken. Aber leihen Sie mir diese kümmerlichen centomila Lire. Sie sollen nicht die Spur von einem Risiko tragen, denn Sie werden die Uhren an sich nehmen, bis ich . . . Wo wohnen Sie, Signore?«

Ganz unbewußt streichle ich ihm den Rücken und antworte erschüttert: »Ich wohne in der Pensione 'Flora' in der Via delle santi quattro Coronati!«

Jetzt blickten beide zu mir und dachten wohl, ich hätte freudig zur Brieftasche gegriffen. Aber man ist ja so provinziell, so gehemmt, so voll von Vorurteilen und Mißtrauen. Es ist diese falsche Erziehung, dies ewige Du-darfst-nicht, Du-sollst-nicht, Hütedich und Meide-stets.

Ich saß dumm da, starrte diese wundervollen, Roms Mittagssonne zehnfach widerstrahlenden Uhren an, tat endlich den Mund auf und brachte heraus: »Aber ich verstehe nichts von Uhren!«

Ich hatte an dem Satz tief-innerlich lange formuliert. Meine letzte Abwehrkraft steckte in diesem Satz.

Ich wollte den Gedanken nun in englischer Sprache wiederholen, holte Luft und verstummte, denn die beiden starrten mich an, so verblüfft, so entgeistert und verbittert, so schmerzlich bewegt, ja, so verachtungsvoll: mir wurde bewußt, ich hatte etwas total Falsches gesagt.

Der Amerikaner zuckte die Schultern und fing an, die Uhren wieder einzusammeln, aber der edle Römer, der Conte, Commendatore, legte seine schwarzbehaarte Hand auf die kräftigen Finger des Amerikaners: »Er versteht nichts von Uhren!« gluckste er mit jenem Lachen, mit dem man die Dummheiten Dreijähriger entschuldigt.

Und dann fuhr er mit der Hand hoch durch die Luft, erhob sich und rief: »Va bene! Dann lade ich euch ein zu einem, der mehr von Uhren versteht als der Papst von der concezione immacolata!«

Die Geste des Römers hatte auch Alfredos Kellner herbeigerufen. Ich war's, dem er mit größter Selbstverständlichkeit die Rechnung überreichte. Ich warf nur einen kurzen Blick darauf und wußte schon: Alfredo war alles andere nur nicht billig. Und ich bezahlte.

Die beiden waren schon draußen im Wagen, damals gab's noch Parkplätze in der Hauptstadt der Antike.

Und wieder treibt Rom an uns vorbei: Roma eterna, moderna, sporca, Roma santa, Roma maledetta et cetera. Die Stimme des Römers hinter uns ver-

kündet: »Ihr werdet kennenlernen die ganze Unfehlbarkeit des bedeutendsten, unbestechlichsten Taxators der Stadt. Was sage ich: es ist der beste Uhrenkenner des Kontinents, Fürsten, Prälaten, Magnaten lassen sich von ihm beraten, von dem Tassatore, der weltweit den Ruf genießt, sich nie geirrt zu haben. Und wenn es um Millionen geht, vertraut man ihm blind, diesem unvergleichlichen Amilcare Quattrocentesimo!«

Wir wissen, der Amerikaner war ein wilder aber virtuoser Fahrer, die Geister des Weines schäumten auf in jeder Kurve, Roms Sonne saß mir direkt im Genick, Paläste, Häuserzeilen, Kirchen flogen vorbei, ich war nicht mehr in der Lage, auch nur ein Wort zu übersetzen.

Ich weiß auch nicht, wo wir anhielten: am Corso, an der Piazza di Spagna, del Popolo, Navona, Farnese, irgendwo bei hohen, alten, ernstdreinblickenden Gebäuden. Wir traten in ein kühles, dunkles, hallendes Treppenhaus mit vielen zerborstenen Fliesen am Boden, und mit Wänden, von denen schon große Flecken Putz sich gelöst hatten. Wir stiegen endlos steinerne, ausgetretene Stufen, die immer schmutziger wurden. Im Schmiedeeisengitter des Treppengeländers hing immer mehr Spinnweb. An halbrunden Fensterwölbungen stiegen wir vorbei, wo Tauben gurrten und bei unserem Nahen aufflogen mit klatschenden Flügeln.

Dann standen wir vor ihm — es war ganz oben — vor dem berühmtesten, unbestechlichsten Tassatore der Welt; klein ist er, der Kopf aber groß und weißumbuscht, das Gesicht geschrumpft in tausend Runzeln, der Mund unablässig mümmelnd und zahnlos. Unser edler Römer spricht zu ihm. Dies ist nun eine Sprache, von der ich kein Wort verstehe. Der Tassatore nickt und öffnet und schließt die eindrucksvollen großen Augen. Und wir treten ein durch einen langen dunklen Korridor in ein kleines dunkles Zimmer. Durch die geschlossenen Fensterläden scheint die Sonne in Stäben und Bälkchen, golden sichtbar auf den dicht an dicht tanzenden Stäubchen; Plüsch und Staub und viel vergilbter Flitterkram, will mir scheinen, vielleicht jedoch — was verstehe ich denn davon — unbekannte Kostbarkeiten.

Schon hat der Tassatore eine immens dicke Brille aufgesetzt, die seine Augen gespenstisch vergrößert, schon hebt er eine Uhr nah ans Gesicht; wir starren ihn an: der Urteilsspruch. Nein! Er tut den Mund auf und ruft: »Giulietta!«

Eine krächzende Greisenstimme, doch nicht ohne Zärtlichkeit: »Giulietta!«

Die Tür geht auf und die ganze, ungeteilte Sonne bricht ins Zimmer: Giulietta! Goethes Faustina, Feuerbachs Nanna, sie wären verblaßt vor dieser schwarzhaarigen, mondscheinfarbigen Elfe, hätten sich verkrochen angesichts dieser kräftigen Augenbrauen unter zartgewölbter Stirn, dieser leichtgebogenen, kühnen Nase, unter der es von dunklem Flaum ein wenig schattete, diesem starken, üppigen Mund, dem entschiedenen Kinn und dem sanften Schwung des Halses, der hinableitete zum leicht geöffneten Decolleté — ist's doch Siestazeit und glühend heiß in Rom!

Ich sah nicht mehr zu, wie der Tassatore die Uhren unter grelle Lampen schob und mit Lupen und feinstem Werkzeug hantierte.

Giulietta goß uns ein Getränk in die Gläser, dessen vielfältiger Duft das Zimmer füllte; oder war's Giuliettas Duft, wie sie sich über mich beugte? War's berauschend, dies Getränk, oder hatte Giulietta das Metronom meiner Pulse auf allegro con moto e fuoco gestellt? Ich weiß es nicht. Ich weiß nur, daß mir

Giulietta immer näher kam, daß ich ihre Lippen an meinem Ohr spürte, als sie flüsterte: »Ich liebe die Deutschen!«

Wer sagt schon: »Ich liebe die Deutschen!«, zumal damals, als es uns noch nicht so recht wohl erging? Es war ein unerhörter Satz, so einfach wie selten, so selten wie glaubhaft. Wie leicht wär's für Giulietta gewesen zu sagen: »Ich liebe dich!« — Ich hätte sie verstanden; die Konstruktion ist einfach: »Amoti« oder »Ti amo!«

Nein, sie flüsterte: »Ich liebe die Deutschen!« und das war von hinreißender Überzeugungskraft.

Langsam zog sie ihre schmale Hand von meiner, die sozusagen kraftlos zitternd wie ein gefangener Vogel auf der Samtttischdecke lag; denn der Greis trat zu uns, breitete ein reines weißes Tuch, aus ordnete die Uhren darauf an mit unendlich sorgfältigen Bewegungen seiner fleckigen Hände. Dann sah er den edlen Römer an, nickte und sagte nur ein Wort: »Comprare!« »Kaufen!«

Da sprang der Römer auf, umarmte mich stürmisch, küßte mich rechts und links und schrie: »Ich hatte recht! Ich hatte recht!«

Für einen Sekundenbruchteil hatte ich das Gefühl, er tastet, als er mich losläßt, nach meiner Brieftasche.

Aber da stopfte mir der Amerikaner schon die Uhren in die Tasche: »Your security!«

Und ich rückte sie heraus, meine hunderttausend Lire. Centomila! Centomila!

Es blieb noch ein Rest. Damit bezahlte ich den Tassatore. Der Römer gab mir seine Karte. Da war auf schwerem Bütten allerlei gedruckt: Gran-Ufficiale, Presidente, und nochmal Presidente, Deputato, primo Direttore, Console generale . . . nur Conte oder Principe war er nicht.

Ich kam todmüde und mit schwerem Kopf in die Via delle santi quattro Coronati und in die Pensione »Flora«.

Das Ehepaar aus Moers am Niederrhein betrachtete mich sehr besorgt. Ich sagte, das römische Klima bekäme mir nicht. Sie meinten, diese Fälle gebe es leider häufig. Aber das verginge am Ende der ersten Woche.

»Nein, nein.« sagte ich, »bei mir vergeht das nicht.« Und ich zog mich zurück auf mein Zimmerchen.

Die Rückfahrkarte war mir geblieben, sonst nichts.

In der Nacht, als die wenige Kühle, die's in Rom gibt zur Sommerszeit, durch die Jalousien sickerte, stand ich auf, ging den jetzt ganz stillen Weg zum Colosseum, dessen leere Bogenreihen gelb angeleuchtet waren. Ich trat in das weite, steinerne Rund, wo aus der Tiefe liebestolle Katerstimmen aufstiegen und Katzen abweisend fauchten. Und ich ließ die kostbare Karte des edlen Römers hinabfallen. Sie schwang sich schaukelnd abwärts: Gran-ufficiale, Presidente, Presidente, Direttore, Console — und verschwand in einem der Gänge, durch die einst wilde Bestien auf fromme Christen losgelassen wurden.

Der italienische und der schweizerische Zoll haben mir keinerlei Schwierigkeiten wegen der Uhren gemacht. Nur an der deutschen Grenze wurden die zehn Uhren beschlagnahmt, ich unter Begleitung von zwei Beamten aus dem Zug geleitet und in ein Zimmer eingesperrt, in dem es nur einen Stuhl und ein vergittertes Fenster gab.

Nach knapp zwei Stunden kam ein Zollbeamter, den ich bis dahin noch nicht gesehen hatte. Er sagte, die Prüfung der Uhren hätte einige Zeit erfordert, weil die dafür ausgebildete Fachkraft mit einer Sommergrippe im Bett gelegen hätte. Der Beamte war sehr freundlich, das muß ich betonen. Er gab mir die Uhren zurück und ich brauchte keinen Zoll zu bezahlen.

Und zuhause hat mein dreijähriges Söhnchen wirklich einen Heidenspaß beim Kaputtmachen gehabt.

Aber wer da denkt, ich sei den beiden gram? Was für ein Morgen, ein Mittag, ein Nachmittag in Rom, ganz und gar auf internationaler Ebene, ein wunderbares Essen, zwei herrliche Stadtfahrten, die Besichtigung der Küche Alfredos, und dazu der Tassatore, und dazu die göttliche Giulietta. Fünf Stunden erstklassiges Theater für mich ganz allein!

Was bedeuten dagegen hunderttausend Lire?

Centomila! Centomila! –

Ich spielte auf meiner Blockflöte die G-Dur-Invention von Johann Sebastian Bach, das war mein Beitrag zur Feier. Wir waren alle den Tränen nahe.

Es hieß, Pohlböller würde gleich nachher in Urlaub fahren. Aber ich hörte, wie Ministerialrat Schleusing Herrn Ministerialdirektor Dirsching zuflüsterte: »Er ist jetzt doch entschlossen, sich pensionieren zu lassen.«

Und Ministerialdirektor Dirsching murmelte: »Eine Tragödie, wahrhaftig für einen Mann wie Pohlböller, eine Tragödie!« Dann verabschiedete er sich vorzeitig — er mußte ja in die Hauptstadt zurück —, aber vielleicht lief er so rasch aus der Kirche, weil ihn die Rührung überwältigte. — — —

Glauben Sie nicht, daß wir ein Wander- oder Musikverein sind, nein, wir sind harte Männer in einem harten Job. Gestatten Sie, daß ich mich vorstelle: Örgler, mein Name, Hermann Örgler.

Ich darf sagen, mein Verhältnis zu Regierungsrat Pohlböller war ein herzliches von Mensch zu Mensch und auch von Vorgesetztem zu Untergebenem.

Nun hat ja jeder von uns mal seinen schlechten Tag; und so hat Regierungsrat Pohlböller mich auch einmal ganz ungerechtfertigt angebrüllt. Da aber darf ich nun in aller Bescheidenheit sagen: dies war der Anfang. — Und auch das traurige Ende der ganzen Entwicklung ist durch ein Gebrüll von seiten Pohlböllers gekennzeichnet; dies aber galt nicht mir, sondern Hauptwachtmeister Kieferbein und war ausgelöst durch Kieferbeins Eigeninitiative, die ich als »dienstgeil« charakterisieren möchte, was ja in unserem Job meist in die Hose geht.

Ich stand also damals vor Pohlböllers Schreibtisch in aufrechter aber lockerer Haltung, und Pohlböller war damit beschäftigt, meinen Wochenbericht zu lesen. Man sah ihm nichts besonderes an, wie er so blätterte und las. Aber plötzlich klappte er das Dossier zu, knallte es auf den Tisch, griff sich mit beiden Händen an den Kopf und brüllte: »Mann, wie dieser Mist mich nervt! Seit zwanig Jahren nichts Neues, kein Funke Geist, keine Idee, die überzeugen, ja nur überraschen könnte: 'Anarchie ist machbar, Herr Nachbar!'»

Er sah mich an, und ich denke, die Augen fallen ihm raus, oder er hat 'nen Infarkt; und jetzt brüllte er richtig los: »Daß Sie, Hauptwachtmeister Örgler, es wagen, mir diesen Schwachsinn vorzulegen!«

Nun, man weiß ja aus langen Dienstjahren, wie man mit ausgeflippten Vorgesetzten umzugehen hat: Blick neutral, Haltung leicht gestrafft, Stimme eher zurückgenommen. Und so sage ich: »Bitte Herrn Regierungsrat darauf aufmerksam machen zu dürfen, daß es diesmal heißt: 'Anarchie ist machbar, Frau und Herr Nachbar!'«

Das warf ihn um. Er wurde ganz leise, er sagte: »Hauptwachtmeister Örgler, bitte, wenn Sie sich gütigst an unseren Auftrag erinnern möchten; gegen Emanzen jedenfalls richtet er sich nicht. Aber ich sehe Sie schon wieder im Streifendienst, Örgler, und da gehören Sie auch hin!«

Und dann hob er einen meiner sauber getippten Bogen mir vor die Nase und schrie plötzlich wieder: »Verhöhnen Sie eigentlich bewußt oder aus Blödheit unsere Dienststelle, indem Sie sowas abliefern!?«

Da stand auf dem Blatt: »Grundrecht auf freie Meinungsäußerung! Wir fordern kostenlose Sprühdosen!«

Ganz ruhig bleiben, sagte ich mir, und erklärte:

»Es handelt sich um eine bisher noch nicht festgestellte Aufschrift. Sie fand sich an drei Stellen in Revier H-Strich-35; Lageskizze ist angeheftet!«

Pohlböller brach in ein ganz hohes Gelächter aus und kreischte: »Wird eigentlich jemals der Unterschied zwischen politischen Aktivitäten und grobem Unfug in Ihren Kopf reingehen?«

Das geht nun doch ein bißchen weit, dachte ich; jetzt muß diese Spur Männlichkeit in die Stimme, sozusagen der heiße Atem des Tigers; und so sagte ich dem Regierungsrat Pohlböller mit aller Entschiedenheit, daß ich nichts Intelligenteres abliefern könne, als das, was die Leute nun mal ansprühen und anschreiben. Und dann hob ich die Stimme noch ein bißchen, gab eine Spur mehr Gas und sagte: »Und daß ich meinem Dienstauftrag gedankenlos nachgehe, das laß ich mir von keinem vorwerfen.« — Pohlböller machte ganz große, runde Augen.

Ich aber zog die Sondermappe aus meiner Diensttasche, die Sondermappe, in der ich total eigeninitiativ die unwichtigen oder völlig sinnlosen Maueraufschriften sammle. In aller Ruhe legte ich ihm den Hefter vor: »Sehen Sie, Herr Regierungsrat, das ist meine wohldurchdachte Negativauslese, alles Sachen, die ich Ihnen erst garnicht zur Vorlage bringe.«

Ich zeigte ihm die Abzeichnung der Filzschreiberaufschrift an der dritten Parkbank links vom Eingang Werther-Straße: »Der liebe Gott sieht alles!« Ich wies auf den Unsinn, der in rotem Sprühlack auf dem Rauhputz Hauptfassade Robert-Koch-Gymnasium stand: »Wer was kann, schafft; wer nichts kann, lehrt!« —

Ich legte das Polaroid-Foto vor, das ich in der Fußgängerunterführung Altmühlstraße geblitzt hatte: Eine Einwort-Aufschrift in weißer Kreide war das: »Ingeborg«, nur dieser Name »Ingeborg«.

Pohlböller sah sich das Bild lange an, nahm das Vergrößerungsglas zu Hilfe, drehte es hin und her. Ich wurde unsicher, ich sagte: »Die Tatfeststellung mittels Fotografie geschah angesichts der Bedeutungslosigkeit des Tatbestandes vielleicht etwas übereilt, impulsiv sozusagen.«

»Impulsiv?« wiederholte Pohlböller mit sanfter Fragestimme und nickte still. »Vielleicht wäre es gut, Hauptwachtmeister Örgler, wenn Sie öfter Ihren Impulsen nachgäben.«

Natürlich haben wir auf der Polizeischule Psychologie studiert, und da gibt es die »plötzliche Verhaltensänderung« vor allem bei unter Drogen oder Alkohol Stehenden, bei Verbrechern, im Streß oder Irren. Daß sowas auch bei Vorgesetzten eintreten kann, hatte man uns seinerzeit nicht beigebracht, aber was ich nun bei Regierungsrat Pohlböller erlebte, das war »plötzliche Verhaltensänderung«: er wurde richtig freundlich, um nicht zu sagen vertraulich; er sagte: »Setzen Sie sich, Hauptwachtmeister!« und sah mich lächelnd an und sagte: »Irgendwann muß ich Sie doch mal zum Essen einladen. Wissen Sie, ich bin ein begeisterter Suppenkoch. Kennen Sie die Garbure-Suppe? eine Bohnensuppe aus Frankreich, grüne und weiße Bohnen. Das Rezept stammt aus der Landschaft Béarn. Wissen Sie, wo das ist?«

Ich schüttelte stumm vor Überraschung den Kopf.

»Am Nordhang der Pyrenäen«, erklärte Pohlböller. »Hauptstadt ist Pau. Da gibt es auch einen vorzüglichen Schinken nach Bayonner Art, und dazu den Jurançon-Wein . . .« Er schnalzte mit der Zunge und legte meine Berichtblätter zusammen. Ich wollte ihm helfen, doch er zog das Blatt mit dem Polaroidfoto und der zugehörigen Lageskizze heraus und sagte: »Nein, Ihre Ingeborg, die bleibt bei mir zur weiteren Bearbeitung!«

Das war genau eine Woche später: Pohlböller ist zum turnusmäßigen Vierzehntage-Rapport in Wiesbaden gewesen und ruft mich in sein Dienstzimmer. Absolut wohlwollend sieht er aus, bietet mir einen Platz an, und ich sehe auf dem Schreibtisch vor ihm den Aktenhefter mit der Aufschrift »Ingeborg«; ziemlich dick ist der Hefter schon.

»Wissen Sie eigentlich, Hauptwachtmeister Örgler«, sagt er, »daß der Name 'Ingeborg' bei den heute 20- bis 40jährigen erst an 59. Häufigkeitsstelle liegt, daß er seltener ist als 'Hildegard' oder 'Edeltraut' und nur wenig häufiger als 'Mathilde'? — ja, das alles und noch viel mehr hat uns der Zentralcomputer in Wiesbaden erzählt. — Und jetzt, Hauptwachtmeister Örgler, sind wir gewappnet, eine gezielte Ermittlung anzusetzen — und Sie werden die Leitung übernehmen.«

Das Herz ging mir auf. Das war die große Chance, der Vertrauensbeweis, die erste Stufe zum Aufstieg. Oberwachtmeister Schnurr und Hauptwachtmeister Kieferbein wurden mir unterstellt. Ich kriegte ein eigenes Büro, wo Platz genug war, den großen Stadtplan an die Wand zu hängen, worauf wir mit bunten Stecknadeln, nach dem Computerausdruck des Einwohnermeldeamtes alle 'Ingeborg-Wohnungen' markierten; gesamtstädtisch gesehen waren es 34, wobei sich im Westrevier eine leichte Häufung feststellen ließ.

Wir waren mit Feuereifer, allerdings zunächst ergebnislos, tätig. Trotzdem erschien zum dritten Wochenrapport Ministerialrat Schleusing.

Pohlböller erläuterte an Beispielen aus dem zaristischen Rußland, daß sehr häufig seltene Vornamen von Untergrund-Organisationen als Code-Worte verwendet wurden.

Ministerialrat Schleusing nickte ernst und sichtlich beeindruckt und sagte zum Schluß, als er Pohlböller die Hand schüttelte: »Ich glaube, wir bewegen uns in aller Ruhe und in voller Deckung auf einen entscheidenden Schlag zu.«

Das verdoppelte natürlich unseren Eifer. Und Oberwachtmeister Schnurr hatte tatsächlich das Glück, am Zeitungskiosk Werder-Straße/Hilkemann-Allee wieder das Codewort zu entdecken, wieder mit Kreide angeschrieben, wieder 'Ingeborg', wieder — der graphologische Sachverständige war sich ganz sicher — von derselben Hand geschrieben. Nur ein winziger Unterschied: dem Namen war etwas tiefer ein halb verwischtes 'ist' beigefügt.

Aber Regierungsrat Pohlböller tat einen leisen Schrei, als er das stark vergrößerte Foto sah. Er blieb lange stumm, während wir drei vor seinem Schreibtisch die Luft anhielten. Dann sagte er dumpf: »Jetzt haben wir Alarmstufe zwei. Subjekt 'Ingeborg', Verb 'ist'; nun fehlt nur noch die adverbiale Bestimmung.« Und dann sah er uns voll an: »Meine Herren, wenn wir demnächst irgendwo die Aufschrift finden 'Ingeborg ist grün, ist dumm, ist verreist, ist traurig, ist oben, ist untendurch' oder ähnliches, dann wird es zu spät sein. Ich erbitte pausenlosen Einsatz unter Hintanstellung aller persönlichen und privaten Interessen. — Ich bin übrigens zum Oberregierungsrat befördert, und sobald wir diesen Fall hinter uns haben, werden wir das auch feiern. Jetzt gibt es nur Einsatz, Einsatz, Einsatz!«

Wir gratulierten alle und gingen dann über zur Phase der Einzelobservation.

Sehr verdächtig machte sich die Inhaberin eines Blumengeschäfts mit Vornamen Ingeborg. Ungewöhnlich häufig betraten junge Männer den Laden, hielten sich dort einige Zeit auf, verließen aber das Geschäft ohne Topf- oder Schnittblumen.

Hauptwachtmeister Kieferbein, unauffällig in Zivil aus der Asservatenkammer gekleidet, betrat den Laden zum Kauf eines Usambaraveilchens. Es gelang ihm, das Verkaufsgespräch auf rein Menschliches zu lenken, womit er die Ladenbesitzerin zu der Aussage brachte, im Hinterzimmer befinde sich ihre Tochter Natascha, 16 Jahre alt und durch einen Skiunfall vorübergehend unfähig, die Schule zu besuchen. Das war also nichts.

Ich selber observierte ein Haus bei der Elisabethkirche, eine stille Wohngegend und schon deshalb als subversiver Schlupfwinkel verdächtig. Ein Messingschild neben der Haustür zeigte an, daß hier eine Musikpädagogin namens Ingeborg Weckheister wohne.

Es war der achte Wochenrapport, als ich Oberregierungsrat Pohlböller ein Album mit Fotos vorlegen konnte. Ein Zigarettenautomat vor einem Jasminstrauch auf der anderen Straßenseite hatte mir tagelang Deckung gegeben. Und von da aus hatte ich die Besucher des Hauses mit Tele geschossen; der Fotokursus der Spezialzusatzausbildung hatte sich bewährt.

»Durchweg junge Leute«, sagte Pohlböller blätternd und hier und da sein Vergrößerungsglas zur Hilfe nehmend. »Das ist natürlich sehr verdächtig. Viele mit Geigenkästen.«

Ich zeigte: »Hier ist einer mit einem besonders großen Geigenkasten.«

»Das ist ein Cello-Kasten«, sagte Pohlböller. »Sie glauben nicht, was schon alles in der Anarchoszene mittels Cellokästen transportiert wurde: Sprengstoffe, Leichen, zerlegte Kanonen.«

Er nickte vor sich hin, sprang plötzlich auf, kam um den Schreibtisch herum und legte mir den Arm auf die Schultern. Ungeheuer dynamisch ging er so mit mir in seinem Büro auf und ab und schoß eine Frage nach der anderen los: »Sind Sie musikalisch, Örgeler? – Können Sie Noten lesen? – Spielen Sie ein Instrument? – Haben Sie eine brauchbare Singstimme?«

All diese Fragen durfte ich guten Gewissens verneinen. »Ich habe eine achtjährige Nichte«, sagte Pohlböller. »Sie spielt Blockflöte und nach drei Wochen Unterricht bereits kleine Inventionen von Bach. Die Blockflöte ist ein wahrhaft einfaches Instrument.«

So ging ich denn in meinen ersten Geheimeinsatz zum Blockflötenunterricht bei Fräulein Ingeborg Weckheister. Natürlich hatte ich eine neue Identität erhalten, leider eine typische Innendienstidee: mein Ausweis lautete nämlich auf Ludwig Bläser, und wie oft habe ich von den schmalen Lippen meiner Lehrerin das Gejammer hören müssen: »Wenn man schon Bläser heißt, müßte man doch auch ein bißchen Begabung zum Flöteblasen mitbringen!«

Nein, ich war kein gelehriger Schüler und das Üben und die Stunden, dreimal wöchentlich bei dieser Ingeborg, die streng war und nach Lavendel roch und auch äußerlich keinen tröstlichen Anblick bot, diese Stunden waren eine Qual, aber ich ertrug's mit einem gleichmütigen Lächeln, denn ich war zum Polizeimeister befördert worden.

Die Asservatenkammer hatte mir eine schöne, sogenannte A-Flöte zur Verfügung gestellt, mit der vor Jahren mal ein kompliziertes Verbrechen verübt worden war. Und als ich in der neunten Unterrichtswoche stand, da sagte Oberregierungsrat Pohlböller zu mir: »Und morgen bringen Sie Ihr Instrument mal mit und blasen uns was vor.«

Ich habe die ganze Nacht vor Aufregung nicht schlafen können, bin mehrfach aufgestanden und habe mein Stück durchgeprobt und war ziemlich nervös, als ich mit Notenständer und Notenheft bei Pohlböller klopfte. »Frisch geblasen ohne Zagen«, war der Titel des Notenbüchleins, aber ich darf sagen, daß ich voll von Zagen war; ich bin auch in der Schule nie öffentlich aufgetreten. Und Oberregierungsrat Pohlböller war nicht allein. Da saß auch Ministerialrat Schleusing, da wurde ich Ministerialdirektor Dirsching, der direkt aus der Hauptstadt kam, vorgestellt. Auch zwei Herren von der Zentrale waren anwesend im großen Büro von Pohlböller, aber ihre Namen konnten sie natürlich aus Geheimhaltungsgründen nicht nennen; und der eine sagte sehr freundlich zu mir: » . . . wofür Sie bitte Verständnis haben mögen«. — Ich war richtig der Mittelpunkt, was mich noch nervöser machte.

Die Herren sahen mir schweigend zu, wie ich den Notenständer ausklappte und aufstellte, die Blockflöte aus dem Etui nahm und zusammenschraubte, die Noten aufblätterte.

»Was werden Sie uns spielen?« frage Ministerialrat Schleusing. Ich hatte vor Aufregung vergessen, wie das heiß, was ich geübt hatte, aber gottlob, der Text war unter die Noten gedruckt. »Ein Männlein steht . . .« antwortete ich.

»Die Herren kennen die Melodie?« Pohlböller sah von einem zum anderen. Alle nickten ernst und blickten dann wieder auf mich.

Und ich begann; das heißt, ich versuchte es, aber meine Lippen waren zu trocken — die Aufregung —, ich mußte um ein Glas Wasser bitten. Pohlböllers Sektretärin brachte es und blieb dann im Türrahmen zum Nebenzimmer stehen, die Arme unter ihren stattlichen Brüsten verschränkt, und sah mich an, wie die anderen.

Das raubte mir viel von meiner Konzentration. Ich trank ausgiebig und wollte dann zu blasen anfangen, aber ich hatte noch Wasser im Mund, das Wasser kam in die Flöte; es gab so ein Gegurgel. Ich mußte die Flöte absetzen, auseinanderschrauben, ausschlagen und neu zusammensetzen.

Nun fing ich mit festem Entschluß an, aber ich hatte in der Aufregung die Flöte nicht richtig zusammengebracht: ich hielt das Oberteil in der einen und das Unterteil mit den Grifflöchern in der anderen Hand; und ich merkte das erst, als immer derselbe Ton rauskam, wie heftig ich auch fingerte.

Die dumme Gans von einer Sekretärin prustete los, fing sich aber einen knallharten Blick von Pohlböller und strich ab. Nun, das Lachen sollte ihr noch vergehen!

Und jetzt hatte ich endlich meinen Einsatz und blies das ganze »Männlein steht« für meine damaligen Begriffe sauber runter, sah auch mal ganz locker über die Notenblätter weg zu den Herren hin und war glücklich, weil Pohlböller nickte und strahlte. Und da allerdings in meiner Freude blies ich stärker zu, dann gehen aber — wie ich heute weiß — die Töne nach oben. Das hört sich ungekonnt nicht so gut an, bewirkte aber, daß die beiden Geheimen aus der Zentrale sich vergnügt auf die Schenkel schlugen und sogar Ministerialdirektor Dirsching den Mund ein bißchen verzog.

Er war es auch, der zuerst aufstand und Pohlböller die Hand schüttelte, alle standen um Pohlböller herum. Ich hörte, wie Ministerialrat Schleusing sagte: »Es gibt überhaupt keinen schlagenderen Beweis!« und Oberregierungsrat Pohlböller berichtete: »Ich habe eine kleine Nichte; das setzt Maßstäbe; sie spielt längst Inventionen von Bach!«

Das machte, daß ich aus dem Takt kam und das Blasen einstellte. Auf mich achtete sowieso kein Mensch mehr.

Ministerialdirektor Dirsching sagte: »Da haben wir also eine völlig neue Tarnung entlarvt: Musikpädagogin! Unerhört raffiniert! Aber Sie, lieber Pohlböller, haben sich als raffinierter erwiesen!« Und er klopfte Pohlböllers Schulter. Die Herren wandten sich zur Tür, während ich den Notenständer zusammenlegte. Pohlböller sagte: »Meine Herren, ich möchte Sie in meine bescheidene Junggesellenwohnung einladen. Sie müssen wissen, ich bin ein begeisterter Suppenkoch. Kennen Sie die Garbure Suppe? Das ist eine Bohnensuppe aus der französischen Landschaft Béarn . . .« Die Schritte der Herren und die Stimme Pohlböllers verklangen auf dem Flur.

Das erste, was mir am anderen Morgen ins Ohr kam, war die Stimme dieser dummen Kuh von einer Sekretärin: »Der Chef hat Sehnsucht nach Ihnen!«

Ich gab gar keine Antwort, grüßte sie auch nicht, sondern ging gleich durch in Pohlböllers Büro. Pohlböller sah mir lachend entgegen: »Ich danke Ihnen für Ihr wundervolles Flötenspiel, Örgler!« sagte er. Ich verbeugte mich gerührt, und meine Stimme war ein bißchen belegt: »Hätte natürlich besser sein können, Herr Oberregierungsrat. Aber die Aufregung . . .«

Pohlböller lachte geradezu übermütig: »Besser konnte es garnicht ausfallen! Und Sie hören jetzt nicht auf. Sie nehmen weiter Blockflötenstunden. Und daß Sie sich nichts anmerken lassen!«

»Was, bitte, soll ich mir nicht anmerken lassen?« Er sah mich ein wenig irritiert an, schien mir: »Sie werden sich nicht anmerken lassen, daß wir dieser sauberen Musikpädagogin die Maske runtergerissen haben.« Und als ich wohl immer noch etwas verdutzt dreinschaute, rief er: »Mein Gott, eine echte Musikpädagogin hätte in soviel Stunden einem Walroß beigebracht, 'Ein Männlein steht . . .' zu blasen!«

Anarchie

Und Pohlböller griff nach unten rechts ins Schreibtischfach und brachte eine Flasche Cognac vor. Ich hatte nicht entfernt geahnt, daß er sowas im Büro hält. Er schenkte uns beiden ein, hob sein Glas und sagte: »Auf den Orpheus der subversiven Unterwelt.«

Ich habe das nicht ganz begriffen, aber ich spürte das Lob und war gerührt und dachte: dein Leben, mein Junge, wäre angenehmer verlaufen, wenn deine Eltern soviel Verständnis für dich gehabt hätten wie Pohlböller.

Und um meine Rührung nicht merken zu lassen, sagte ich: »Schreiten wir bald zur vorläufigen Festnahme?«

Pohlböller schüttelte mit nachsichtigem Lächeln den Kopf: »Keineswegs, weit gefehlt!« Und er drehte sein Cognacglas in Augenhöhe. »Nein, jetzt gilt es, alle Kontakte der Zentrale Ingeborg auszukundschaften, dies ganze Nest sozusagen von innen her aufzulösen, damit uns keins der vielen Vögelchen entkommt.«

»Was soll ich unternehmen?« fragte ich. »Nichts«, sagte mein Chef. »Nur die Augen aufhalten, bereit sein, wach sein, nichts merken lassen.«

Das tat ich denn auch in den folgenden Wochen. Aber eigentlich war wenig zu registrieren. Vor mir hatte manchmal ein schwarzhaariges Mädchen Harfenstunde. Ich saß dann im Vorzimmer und wartete und sah durch den Spalt der Samtportiere und hörte zu und hatte tatsächlich immer Mühe, nicht loszuheulen, sosehr griff mich dies Harfengeklimper an. Und ich hatte immer die Vorstellung — ich übte damals den »Jäger aus Kurpfalz« —, ich blase und die Schwarzhaarige spielt ihre Töne dazu, daß es nur so rauscht. — Jaja, Musik geht übers Herz, vielleicht lag's an der Schwarzhaarigen, daß ich ganz plötzlich die Kurve kriegte, daß der Zug bei mir abfuhr; kurzum, auf einmal, von einer Stunde auf die andere war das Eis gebrochen, das Flötenspiel machte mir Spaß, ich blies den »Jäger aus Kurpfalz« runter wie gepfiffen. Frau Ingeborg Weckheister kriegte ganz feuchte Augen und sagte: »Bald können wir mit kleinen Inventionen von Bach anfangen.«

Genau nach dieser Unterrichtsstunde, als ich ganz beschwingt und vergnügt die Treppe runterhüpfe, werde ich wieder an den Ernst meines Auftrages erinnert: Da steigt mir ein Mann entgegen mit Geigenkasten, lange graue Haare weit über'n Kragen, Samtbarett obendrauf, ein Schnauzbart unter der Nase wie Albert Einstein. So eine Type hatte ich in meinem ganzen Fotoalbum mit den Schülern der Weckheister nicht drin. — Das ist ein Kerl, den man im Auge behalten muß. — Und er sah mich auch derart durchdringend an, als ob er ahnte, wer ich in Wirklichkeit bin. Ich war damals überzeugt: hier hatte ich den großen Unbekannten, den Chef der Gegenseite vor mir.

Ich erwähnte diese Begegnung natürlich an bevorzugter Stelle in meinem Wochenbericht und erlaubte mir, mündlich bei Pohlböller den Vorschlag zu machen, jetzt zuzuschlagen. »Denn«, so begründete ich meine Initiative; »dieser Mann ist offensichtlich Ausländer, wohl nur kurzfristig hier, um Material abzuholen, neue Direktiven zu erteilen. Ich meine, wir müssen die Gelegenheit nutzen, einen Verbindungsmann zur obersten Etage in die Hand zu bekommen.«

»Nur nicht nervös werden«, entgegnete Pohlböller. »Dieser Herr, der Ihnen mit Recht aufgefallen ist, den werden Sie noch oft und lange zu Gesicht bekommen.«

Pohlböller hatte mal wieder recht. Wie oft habe ich nicht das Samtbarett am Kleiderständer im Flur bei Ingeborg Weckheister hängen sehen, darunter manchmal einen weißen Seidenschal. Und einmal spähte ich durch die Tür vom Musikzimmer zum Erkerzimmer, die einen Spalt offenstand, und da saß der Mann mit dem Einsteinschnurrbart an einem Biedermeiertischchen und trank Tee.

Jetzt, da mein Verhältnis zur Musik und zu Ingeborg Weckheister ein positives geworden war, fiel es oft schwer, den Polizisten mit seinem Geheimauftrag in mir wach zu halten. Und einmal kam ganz überwältigend stark die Sehnsucht hoch, hier nicht als Beamter, sondern als Mensch zu stehen. Das war, als Fräulein Weckheister mich zu ihrem Geburtstag einlud.

Ich hatte gerade die allererste Invention von Bach in D-Dur geschafft, und sie lächelte, was ich noch nie bei ihr gesehen hatte, und sagte: »Lieber Herr Bläser, würden Sie am Sonntagnachmittag mein Gast sein? Eine kleine Geburtstagsfeier . . .« Sie kicherte und wurde ein bißchen rot: »Der wievielte es ist, das sag ich nicht.« Und sie blätterte aus offenbarer Verlegenheit die D-Dur-Invention zurück zum Anfang und sagte: »Ich möchte ein paar von meinen Lieblingsschülern um mich haben.«

Wie ich nach der Stunde die Treppe hinunterkam, ich weiß es nicht. Das Herz klopfte mir im Hals. Ich war also die ganze Zeit ein Lieblingsschüler von Ingeborg Weckheister gewesen und hatte nichts davon gemerkt. Es war kein erotisches, sondern ein richtig menschliches Glücksgefühl. Ich brauchte zwei Tempotaschentücher, ehe ich auf die Straße treten konnte. Schließlich geht das nicht, ein Polizist, wenn auch im Geheimeinsatz, dem die Tränen der Rührung runterlaufen.

Andererseits, abends, zur Ruhe gekommen, da lag ich im Bett und dachte: Sei wachsam Junge. Die wollen dich vielleicht fertigmachen!

Offen gestanden, ehe ich an dem Sonntagmittag zur Geburtstagsfeier aufbrach, habe ich bei mir im Appartment nochmal kurz Judo- und Karateschule durchgemacht.

Es war mir nicht so ganz wohl, als ich bei Ingeborg Weckheister eintrat. Der Tisch war schon gedeckt, ich sah, für sechs Personen. Es waren aber außer mir nur drei Leute da, junge Leute. Die Dunkelhaarige mit der Harfe war nicht dabei. Ich hätte mich sofort sicherer gefühlt. Aber da lehnte auch so ein großer Cellokasten in der Ecke, und gleich klingelte es bei mir Alarm.

Fräulein Weckheister entschuldigte sich: »Ich habe noch in der Küche zu tun.«

Ein junger Mensch mit blonden Bürstenhaaren stieß das Mädchen mit der Fransenfrisur an, hübsch war sie nicht: »Sollen wir?«

In mir spannte sich alles. Das Mädchen nickte. »Die Corelli-Sonate«, sagte sie, und ich dachte an eine doppelte Rolle rückwärts, die mich ruckzuck bis an die Tür bringen würde. Der junge Mensch ging denn auch tatsächlich zu dem Cellokasten, und ich hätte mich gerne abgerollt, aber das wäre natürlich eine Riesenblamage geworden, weil er nämlich kein Maschinengewehr, sondern ein richtiges Cello aus dem Kasten holte.

Dann spielten die beiden sehr schön feierlich. Ich wurde rot, weil ich mir immer vorstellte, ich hätte wirklich diese doppelte Rolle rückwärts gemacht. Schließlich wurden die beiden ziemlich laut mit dem Spiel und strichen zwei Saiten auf einmal, und das ist ja bei ernster Musik immer das Signal: jetzt hört's bald auf. Natürlich ist laute Musik auch geeignet, einen Schuß oder das Geschrei des Opfers zu übertönen. Und der Gedanke an diese Möglichkeit durchzuckte mich, als der dritte Lieblingsschüler, auch ein jüngerer Mann, sogar mit Vollbart, einen schwarzen Kasten öffnete, in dem man leicht ein Kurzgewehr mit Schalldämpfer hätte unterbringen können. Aber er zog ein Blasinstrument heraus, viel größer als meine Blockflöte und mit vielen Klappen, und darauf blies er eine fröhliche Melodie. Da paßte es sehr gut, daß nun die Küchentür aufging und Fräulein Weckheister beschwingt und mit geröteten Backen eintrat und rief: »Die Suppe!«

Und nun zog sich mir doch alles zusammen, denn hinter ihr marschierte, die große Suppenschüssel in beiden Händen tragend, der fünfte Gast ein, kein anderer als der Kerl mit den langen grauen Haaren und dem Walroßschnurrbart wie Albert Einstein.

Warum hast du Samtbarett und Seidenschal nicht draußen am Kleiderständer gesehen?, fragte ich mich. – Ob der Bursche jetzt ganz hier eingezogen ist? – Ich ahnte ja nicht, wie richtig meine Vermutung war.

Und die Weckheister klatschte in die Hände und zeigte dann auf den Schnautzbärtigen, der eben die Schüssel mitten auf den Tisch setzte: »Das ist Baron von Pöller!«, rief sie vergnügt. »Ein begeisterter Suppenkoch; er war so gütig für den ersten Gang zu sorgen, hat selber Möhren, Kohl und Selleriestangen geschnitten, Zwiebeln geschält und gehackt, Knoblauchzehen zerdrückt . . .«

Und nun nahm der unheimliche Bursche den Deckel von der Suppenterrine und sagte: »Das Wesentliche an dieser Suppe sind die Bohnen, weiße und grüne Bohnen. »Und er sah rundum: »Kennen Sie die Garbure-Suppe? Sie stammt aus der Landschaft Béarn. Wissen Sie, wo die ist?«

Die Musiker rund um den Tisch schüttelten alle den Kopf. Nur mir fuhr es heraus, ich rief: »Am Nordhang der Pyrenäen. Die Hauptstadt ist Pau!«

Ich schwöre bei allem, was mir heilig ist, erst aus der Reaktion dieses Baron von Pöller merkte ich, wen ich vor mir hatte; er war eben dabei, die Fleischstücke aus der Suppe zu heben und sie in eine Schüssel zu plazieren, als ich mein Wissen über die Landschaft Béarn rausposaunte. Er sah mich an, seine Augen wurden rund und weit, das Fleisch rutschte ihm vom Schaumlöffel aufs Tischtuch; er fühlte sich erkannt, entlarvt, durchschaut — und jetzt durchschaute ich ihn wirklich: es war Oberregierungsrat Pohlböller.

Natürlich fing er sich rasch. Und während Ingeborg Weckheister mit vielem »Das macht doch garnichts!« den häßlichen Fleck auf dem Tischtuch mit einer Serviette abdeckte, erklärte der falsche Baron bereits, daß man die Garbure-Suppe sowohl mit Schweinefleisch als auch mit Geflügel oder Wild zubereiten könne. In den Tälern von Béarn wechsle man damit. Und er selber habe im 'Henri Quatre' in Pau die Garbure so gegessen, wie sie hier stehe: Schweinefleisch, Geflügel und Wild, gemischt. Der dazu passende Jurançon-Wein sei leider hier nicht zu haben, er habe einen Blanquette de Limoux gewählt und das sei immerhin einer der Lieblingsweine unseres großen Dichters Goethe gewesen.

Der Applaus rund um den Tisch war erheblich und Herr von Pöller erklärte noch, während er die Teller vollschöpfte, daß an Gewürzkräutern hier die Petersilie, der Kerbel und das Basilikum eine wichtige Rolle spielten.

Pohlböller hat mir gegenüber im Amt niemals von dieser Begegnung gesprochen. Vielleicht hat er auch gar keine Zeit mehr dazu gehabt, denn am Montagmorgen nach dieser Geburtstagsfeier war wie immer die Besprechung mit den mir unterstellten Beamten Schnurr und Kieferbein. Ich pflegte das jeweils von ihnen angelieferte Material mit meinen eigenen Recherchen zu dem Bericht für Oberregierungsrat Pohlböller zu vereinigen. Diesmal kam ich überhaupt nicht zu irgendwelchen einleitenden Sätzen, weil Hauptwachtmeister Kieferbein mir eine Akte auf die Schreibtischplatte knallte und dazu lachend sagte: »Lies das mal, Örgler, und du packst keine Blockflöte mehr an.«

Es war eine einwandfreie Untersuchung, die Kieferbein da ablieferte: »Aussage Herbert Walg« — »Aussage Hans Walg, Vater des Herbert Walg« — »Aussage Henriette Walg, geborene Distelfeld, Mutter des Herbert Walg« —

Die umfangreichen Aussagen deckten sich in allen Punkten und ergaben folgendes Bild: Herbert Walg, ein neunjähriger Junge, hatte auf Wunsch seiner Eltern Violinstunden bei Frau Ingeborg Weckheister; die Beziehungen zwischen Schüler und Lehrerin entwickelten sich sehr ungünstig. Der Schüler Walg schrieb in kindlicher Rachsucht auf dem Weg von der Violinstunde nach Hause an mehreren Stellen mit Schulkreide den Satz an »Ingeborg ist blöd«. Der Vater kam dahinter und zwang Herbert, die Schmierereien wegzuwischen. Da sich aber der Kleine bei Anbringung der Inschriften von einem Leidensgenossen hatte anheben lassen, gelang ihm die Tilgung der Worte nur unvollkommen: einmal war ein »Ingeborg«, einmal ein »Ingeborg ist . . .« stehengeblieben.

Das war nun allerdings eine umfassende Aufklärung des Falles, und ich weiß noch, ich sagte zu Kieferbein: »Mensch, wenn das dir nicht die Beförderung zum Polizeimeister bringt, dann geh ich als Politesse Parkuhren kontrollieren.«

Ich stand und wartete vor Pohlböllers Schreibtisch, als ich meinen jetzt natürlich knappgeschnittenen Wochenbericht mit der angehängten Untersuchung Kieferbeins abgeliefert hatte. Wir sind eine Abteilung, die zehntausenden von Verdachtsmomenten nachgeht, und vielleicht bei einem einzigen Fall wirklich auf einen lohnenden Tatbestand stößt. Es gibt zahlreiche ergraute Beamte bei uns, die niemals fündig geworden sind in einem Dienstleben voll von Einsatzbereitschaft und Eifer. Der ergebnislose Abschluß der »Observation Weckheister« durfte als völlig normal gelten; die Akten bekommen ihre endgültige Nummer und verschwinden im Archiv; die Beamten werden für andere Aufgaben frei. Ich stand und wartete, daß Pohlböller derlei anordnen würde. Aber er nahm gar keine Notiz von Kieferbeins Recherche, und als ich ihn darauf hinwies, sagte er nur: »Wir machen weiter wie bisher.«

Mir war das nur recht, jetzt, da ich so schöne Fortschritte auf der Blockflöte machte. Aber Kieferbein wurde allgemach ungeduldig. Er brachte mich dazu, ihn zwei Wochen später mit zu Oberregierungsrat Pohlböller zu nehmen, als ich dort meinen Bericht abgab.

Pohlböller tat sehr erstaunt: »Vernehmungsprotokoll Herbert Walg und Eltern? Hab ich nie zu sehen bekommen!«

Als wir wieder auf dem Flur waren, fauchte Kieferbein mich an, ich hätte seinen schönen Bericht unterschlagen, damit er nicht befördert und im Rang mir gleichgestellt würde. Ich hätte schon öfter gezeigt, daß mir jedes Mittel recht wäre; und was so unter Kameraden und Mitarbeitern geredet wird.

Das konnte ich natürlich nicht auf mir sitzen lassen. Ich ging wieder rein ins Vorzimmer von Pohlböller und Kieferbein folgte mir auf dem Fuß.

Die blöde Kuh von einer Sekretärin wollte uns zuerst die Akte nicht rausrücken: dazu müsse der Herr Oberregierungsrat gefragt werden. Ich sagte: »Schließlich bin ich der Leiter der ganzen Untersuchung, und es geht um eine dringende Feststellung.«

Ich hatte schon vermutet, was ich zu sehen bekam: in dem Wochenbericht fehlte das angeheftete Vernehmungsprotokoll. »Ich hab's gewußt, du hast es unterschlagen!« schrie Kieferbein.

Gottlob habe ich vorschriftsmäßig jedem Wochenbericht ein Inhaltsverzeichnis vorgeheftet. Das schlug ich auf. Und da war die letzte Zeile mit Tipp-Ex überstrichen. Kieferbein hielt das Blatt gegen das Fenster und buchstabierte den durchscheinenden Text: »Bericht Kieferbein, Vernehmung Herbert Walg und Eltern desselben.«

Er drehte sich zu mir hin, offenbar, um sich zu entschuldigen, aber da ging die Tür auf. Pohlböller stand auf der Schwelle, rot im Gesicht: »Was treiben Sie sich hier herum?« schrie er. »fassen Sie ihren staatserhaltenden Auftrag derart lax auf? Ich werde sehen, daß Sie beide in den Streifendienst versetzt werden!«

Kieferbein, völlig erstarrt, hielt immer noch das Blatt mit dem Inhaltsverzeichnis hoch, und nun fiel Pohlböllers Blick darauf. Er hatte sofort erfaßt, es ging um die letzte, die überstrichene Zeile. Und er ließ von uns ab und stürzte sich auf die Sekretärin: »Sie pflichtvergessenes Subjekt!« brüllte er, »wie oft habe ich Ihnen eingeschärft, daß im geheimdienstlichen Bereich nicht mit Tipp-Ex gearbeitet wird. Ich werde dafür sorgen, daß Sie in den Keller kommen, ins Archiv, drittes Untergeschoß!«

Es waren wohl unsere entsetzten Blicke, die Pohlböller plötzlich ernüchterten. Er sah uns schnaufend an wie ein verwundeter Eber und stürzte, die Tür knallend, in sein Büro zurück.

Die Sekretärin brach in Tränen aus. Wir versuchten sie zu trösten. »Seit vier Wochen ist er so gemein zu mir«, schluchzte sie.

Wir nickten uns zu: seit fünf Wochen verkehrte Pohlböller bei der Musikpädagogin.

Die Sekretärin putzte sich die Nase: »Kennen Sie die Garbure-Suppe?«

»Oh ja«, rief ich, »aus der Landschaft Béarn nördlich der Pyrenäen, Hauptstadt Pau!«

»Ich kann's nicht mehr hören!« jaulte die Sekretärin. »Mit der Garbure-Suppe hat er mich verführt, und dann jeden Samstagabend Garbure-Suppe!« Sie brach über der Schreibmaschine zusammen. Wir gingen still weg.

Bei Ministerialrat Schleusing brauchten wir nicht viel zu erzählen. Er sagte: »Wir haben den Fall schon längere Zeit mit Sorge beobachtet; Oberregierungsrat Pohlböller hat sich zu tief in diese Angelegenheit verstrickt. Das ist eines unserer zahlreichen Berufsrisiken. Seit einer Woche haben wir Gewißheit. Die Zentrale hat uns einen im Rollenspiel geschulten Beamten geschickt. Er ist bei Fräulein Weckheister als Baßfagottist auf der Durchreise nach Bamberg aufgetreten — ein Baßfagottist wird auf Grund der Tonlage seines Instrumentes selten zu Solodarbietungen aufgefordert. — Kurzum, dieser scheinbare Baßfagottist richtete Grüße von einem Klarinettisten des hauptstädtischen Orchesters aus, der inzwischen im Ruhestand lebt, mit dem Fräulein Weckheister aber vor 25 Jahren ein Verhältnis hatte. — Wir haben natürlich auch die Vergangenheit der Dame genau durchleuchtet. — Nun, dieser Besuch brachte es an den Tag: Fräulein Weckheister gestand errötend, daß sie inzwischen eine feste Bindung zu einem Herrn von Pöller eingegangen sei.«

Ministerialrat Schleusing seufzte tief und sagte mit Schmerz in der Stimme: »Das wird vielleicht die schwerste Aufgabe für Pohlböller sein, der Dame beizubringen, daß er kein Baron von Pöller ist.«

Er stand auf, und auch wir erhoben uns. Er sagte, als er uns die Hand reichte: »Gottlob hat der Minister ein Einsehen und befördert Herrn Pohlböller, bevor er von der Bühne des tätigen Beamtentums abtritt, zum Regierungsdirektor.«

Wie schon berichtet: ich blies in der Kirche eine kleine Invention von Bach. Eine Feier fand nachher nicht mehr statt, weil das Paar sofort in Heiratsurlaub fuhr.

Ich ging in tiefen Gedanken nochmal durch die stille Straße bei der Elisabethkirche. Das Messingschild an der Tür war schon geändert. Da stand jetzt: »Ingeborg Weckheister-Pohlböller.«

Meine Blockflötenstunden werde ich nun selber bezahlen müssen. Aber der Gedanke erweckt in mir keine Wehmut, denn ich übe bereits ein Divertimento von Bononcini für Blockflöte und Harfe.

Zugegeben, es ist ein schwerer Fehler gewesen, daß wir damals Tante Alma mit Onkel Herbert bekanntmachten, auch vom familiären Standpunkt hat diese Begegnung einen Schaden gebracht, der nicht wieder gutzumachen ist; Onkel Herbert nämlich war nur ein Nennonkel. Er wohnte in der Nachbarschaft, und wir Kinder hatten angefangen, ihn zu onkeln. Unsere Mutter hatte sich angeschlossen und endlich war auch Vater der Ansicht: »Bei einer so weitausgebreiteten Verwandtschaft kommt es auf einen Onkel mehr oder weniger nicht an.«

Dabei war er zunächst als Autoritätsperson bei uns aufgetreten, jener Onkel Herbert, als Steuerprüfer nämlich. Unser Vater hatte soeben als selbständiger Kaufmann in Oberhemden Pleite gemacht, da erschien zu allem Unglück — wie wir meinten — dieser Schnüffler und sah sich die Geschäftspapiere an.

Sicher wäre einiges zu finden gewesen, aber der spätere Onkel Herbert blätterte auf oft ganz wunderbare Weise weiter, als ob er nichts gemerkt hätte.

»Entweder ist er blöd, aber das gibt es nicht beim Finanzamt«, sagte unser Vater, »oder er will uns aus irgendeinem Grunde wohl.«

Es war etwas anderes. Es war erstens der Beförderungsstopp, der dem Finanzbeamten alle Lust an seinem Beruf geraubt hatte, es war zweitens die dadurch wiedererweckte Leidenschaft für die Chemie. Er hatte in seiner Jugend Chemie studieren wollen, aber man hatte ihm bereits das Zeugnis der Reife verweigert.

Dies und mehr erzählte Onkel Herbert bei der ersten Flasche Wein, die er mit Vater trank, nachdem er seine ergebnislose Arbeit abgeschlossen hatte. Unser Vater aber hatte ähnliche Jugendträume gehegt, auch er wäre zu gerne Chemiker geworden, doch die lange Studienzeit hätte die Mittel der Familie überstiegen. »Zudem«, so sagte er damals beim Gespräch mit Onkel Herbert, »zudem erschien mir bald die Chemie als eine gefährliche Wissenschaft, nicht nur, daß einem Tiegel und Glaskolben um die Ohren fliegen können; der Chemiker stellt allzuoft ein Zeug her, das für seine Mitmenschen vom Übel ist.«

Da wurde aber Onkel Herbert heftig. »Das ist Sache des einzelnen Chemikers«, rief er, »womit er sich beschäftigt. Ich zum Beispiel habe mich immer in knapper Freizeit mit Chemie befaßt, aber mein Spezialgebiet sind Riechsalze! Sehen Sie, wenn in Goethes Faust, in meiner Ausgabe steht es auf Seite 168, Gretchen im Dom stöhnt: »Nachbarin! Euer Fläschchen!«, dann ist damit keinesfalls ein Fläschchen Kölnisch Wasser oder Melissengeist gemeint. Nein, damals benutzte man Riechsalz. Heute sind diese Riechsalze in Vergessenheit geraten. Die Parfümindustrie hat es bisher versäumt, diese Marktlücke sozusagen wieder aufzureißen. Grundlage der früheren Riechsalze waren die Salzkristalle des kohlensauren Ammoniaks.«

Er neigte sich vertraulich zu Vater und sagte: »Ich bin um meine vorzeitige Pensionierung eingekommen. Wenn es soweit ist, werfe ich mich ganz auf die Riechsalzforschung. Ich sage Ihnen, das wird ein Schlager. Und ich werde nochmal schallend lachen, wenn ich mich erinnere, was der Staat mir für meinen unangenehmen Dienst gezahlt hat.«

Onkel Herbert wurde, als er dann tatsächlich pensioniert war, häufiger Gast bei uns, und oft brachte er das neueste Ergebnis seiner Forschungen mit: Kohlensaures Ammoniak, das er mit Lavendelöl, Agrumenextrakten, Patschuli und Moschus versetzt hatte. Aber wenn er uns das Fläschchen unter die Nase hielt, schüttelten wir immer einhellig den Kopf.

»Ich weiß es selbst«, sagte Onkel Herbert dann bescheiden, »es ist noch nicht das Richtige, ich bin noch lange nicht am Ziel.«

Und er verbrachte viele Abende weiterhin in seinem Wintergarten, wo er sich das Laboratorium eingerichtet hatte.

Sicher war es zum Teil die Beschäftigung mit Wohlgerüchen, die Onkel Herbert zu einem Fischverächter gemacht hatte, doch mußte diese Abneigung tiefer liegen, denn Käse aß Onkel Herbert gerne. Er deutete einmal an, daß ein schreckliches Erlebnis in seiner Jugend ihn dazu gebracht hätte, jegliches Fischgericht zu meiden. Ein Großonkel war anscheinend vor den Augen des kleinen Herbert an einer Fischvergiftung unter gräßlichen Krämpfen verendet, wenn wir die dunklen Andeutungen richtig deuteten. Immerhin hatte Onkel Herbert von diesem Großonkel das schöne Haus geerbt, in dem er als Junggeselle die Bel-Etage bewohnte.

Zwei übermütige Ideen verleiteten unsere Eltern dazu, Onkel Herbert einzuladen an jenem Tag, für den Tante Alma sich bei uns angesagt hatte. Erstens einmal wollten sie ausprobieren, wie der eingefleischte Einzelgänger Herbert auf die energische und trotz fortgeschrittenen Alters immer noch attraktive Tante Alma reagieren würde. Sodann dachten sie ihn von seiner Phobie gegen Fischgerichte zu heilen; denn Tante Alma hatte am Telephon versprochen, ein ganz neues Fischgericht für uns zu kochen, das sie auf den Rabnabad-Inseln im Golf von Bengalen kennengelernt hatte. Aus Bengalen war nämlich Tante Alma eben zurück.

Sie war reich und schwärmte für Fern- und Abenteuerreisen. Und unsere Mutter sagte mal: »Es ist ein komisches Gefühl, wenn Tante Alma so unterwegs ist durch den Hindukusch oder auf Eisschollenfahrt an der Grönlandküste oder im hinteren Sudan; man wünscht sich ehrlichen Herzens, daß sie heil zurückkommt und uns ihre Dias zeigt, aber irgendwo kann man doch so eine kleine Regung nicht unterdrücken. Ich weiß, es ist was Böses, aber ich hoffe nur, Tante Alma hat ihr Testament ordnungsgemäß gemacht. Wir sind doch eigentlich die einzigen, die in Betracht kommen.«

»Frag sie doch mal!« rief unser Vater aus seinem Sessel und lachte. Tante Alma war eine viel zu lebensvolle Frau, als daß man sie nach ihrem Testament hätte fragen dürfen.

Tante Alma kam, frisch und sonnengebräunt wie immer. Ihre Diakästen stellte sie auf's Vertiko. »O Himmel, da haben wir was vor uns«, seufzte unser Vater, denn Tante Alma lernte es nie, richtig zu belichten.

»Du schweigst ganz still!« verwies ihn Mutter. Im Haus roch es aus der Küche nach Koriander und Kurkurma und natürlich nach Fisch. Und Tante Alma jammerte, so manches, eigentlich unentbehrliche Gewürz des Orients sei hier bei uns unbekannt und nicht zu haben. Man müsse improvisieren.

»Ich meine, es riecht nach Fisch«, schnupperte Onkel Herbert, als er seinen Blumenstrauß bei Mutter abgab. »Es können natürlich auch die verblühten Dahlien im Vorgarten sein.«

Tante Alma hatte den komplizierten Kochvorgang, bei dem Joghurt, eine Peperonischote und Zitronensaft eine Rolle spielten, schon ziemlich weit vorangetrieben. Der Heilbutt im Backofen war — was den Geruch angeht, fast ganz neutralisiert. Und erst als Onkel Herbert sich hoffnungsfroh seinen

Teller füllte — wir hatten ihm von einer indischen Kalbfleischzubereitung vorgeschwärmt —, merkte er, daß er Fisch vor sich hatte, und weigerte sich, auch nur eine Gabel voll zu essen. Mutter machte ihm zwei Spiegeleier. Unser Portionen wurden auf angenehme Weise vergrößert.

Aber Tante Alma kicherte immer wieder vor sich hin, während des Essens. Und als Vater sie fragte, was denn wäre, da sagte sie: »Diese Fischfurcht gehört in den Bereich der Sexualpathologie. Und es ist richtig aufregend, mit einem so verkorksten Menschen mal am selben Tisch zu sitzen.«

Onkel Herbert rächte sich dann bei der Dia-Vorführung. Bei den Wurfnetzfischern am Brahmaputra sagte er, hier wäre Blende 11 das richtige gewesen, den Hirten im Himalaya-Vorland wagte er verwackelt zu nennen, die Buddha-Statue von Djamehle hielt er für ein Standbild der Queen Victoria, und tatsächlich, es war, wie er sagte: die Schärfe lag ganz woanders.

Tante Alma zeigte den letzten Kasten Dias nicht mehr, und wir sahen, wie unser Vater dem Onkel Herbert verstohlen die Hand drückte und ihm eine von seinen Festtagszigarren anbot.

Nichts ermüdet so sehr wie eine Dia-Vorführung, zumal nach einem etwas überreichlichen Essen. Nur Onkel Herbert mit seinen beiden Spiegeleiern im Magen war noch ziemlich frisch und offenbar auch bemüht, Tante Alma zu zeigen, daß er kein pathologischer Fall sei. Und so begann er von seinen Experimenten mit dem Riechsalz zu erzählen.

Er kam nicht weit, denn Tante Alma unterbrach ihn: »Riechsalz!« rief sie mit ihrer Stimme, die auch die Explosion eines Munitionslagers übertönt hätte. »Riechsalz hat nicht die geringste Zukunft!«

Onkel Herbert verstummte. Das hatte ihm noch

niemand gesagt. »Verzeihen Sie«, stotterte er, »aber woher wollen Sie das wissen?«

»Der Mensch von heute«, führte Tante Alma aus, »schnuppert nicht an den Genüssen, sondern will Hautkontakt damit. Und deshalb gibt es nichts Zukunftsträchtigeres als Badesalz!« Und jetzt ward Tante Alma ganz offensichtlich von sinnlicher Leidenschaft überwältigt, als sie ausführte: »Nur in der Badewanne gibt sich der Mensch ganz und gar den Duftkompositionen hin, saugt, mit jeder Pore und Falte die Köstlichkeit der Parfüms buchstäblich in sein Inneres, um sie später langsam und stetig auszuströmen mit seinem ganzen Körper, der sich nur so unter verhüllender Kleidung als splitternackt erweist.«

Onkel Herbert war überwältigt, und ihm hatte wohl auch dieser Ausbruch gegolten. Unser Vater hustete heftig und warf besorgte Blicke zu uns Kindern herüber. Unsere Mutter aber meinte: »Ich habe als junges Mädchen noch Badesalz benutzt, und ich kann nur sagen, wenn man's in die Wanne streut und sich dann auf die Kristalle draufsetzt, dann ist das sehr unangenehm.«

Tante Alma sprach jetzt ohnedies nur noch zu Onkel Herbert, und achtete also auf keinerlei Einwürfe, als sie erzählte:

»Es war auf einer Fahrt durch das Atlasgebirge. Wir hatten in Marokko einen Bus samt Fahrer gemietet. Die Fahrt verlief störungsfrei zwischen den gewaltigen Berghäuptern bis hinauf zum Dschebel Ajaschi, durch duftende Bergweiden vollbestanden mit Artemisia und Thymian. Wir querten ungefährdet das Gebiet der Salzsümpfe und gelangten an das Ufer des Tafua. Und hier passierte es, ein Motorschaden. Unser Fahrer Ibrahim mußte eine Dorfschmiede aufsuchen, um eine neue Pleuelstange herzustellen. Das konnte Tage dauern. Wir lagerten um den Autobus, litten am Tag unter der Hitze, froren nachts fürchterlich, so daß am Morgen mein Entschluß feststand, mir ein Quartier zu suchen. Ich wanderte also auf der Gebirgsstraße, die wir ohnedies hätten nehmen müssen, voran. Wer beschreibt mein Erstaunen, als ich gegen Mittag in einem seitlichen Tal eine Oase erblickte mit zwar niedrigen, doch stattlichen weißen Häusern, ein Flecken, der auf keiner unserer Karten eingezeichnet war. Flintenschwingende Reiter holten mich ein und führten mich vor einen hochgewachsenen Mann in weißem Burnus, ein Scheik der Schilluh, wie ich später erfuhr. Die Gastfreundschaft in diesem Teil der Welt ist heilig und unbegrenzt, zudem war ich wohl die einzige Europäerin, die der Scheik bisher zu Gesicht bekommen hatte. Ich erhielt reizvolle Gewänder, weigerte mich allerdings, in seinem Harem Quartier zu nehmen, und so kam es, daß ich beim Scheik selber wohnte. Er war ein wirklich stattlicher Mann und hörte höflich meinen Erzählungen zu, obwohl er weder deutsch noch englisch noch französisch verstand, und ich weder arabisch noch die Sprache der Schilluh beherrschte.

Es war am dritten Morgen, da händigte mir der Scheik ein großes, schöngeschliffenes Glasgefäß aus und führte mich in den Baderaum, dessen Mitte von einer riesigen Wanne aus einem Stück Atlasmarmor eingenommen wurde. Heißes Wasser dampfte schon darin. Der Scheik deutete durch Gesten an, ich solle den Inhalt des Glasgefäßes ins Wasser leeren: es waren rötlich-gelbe Kristalle; und während sie sich im Wasser auflösten, begann sich der große helle Raum mit einem unbeschreiblichen Duft zu füllen, der alle Köstlichkeiten des Orients in sich vereinte. Schon löste ich Gürtel und Schleier.

Doch in diesem Augenblick hörte ich die Hupe von unserem Bus. Gottlob mußte der Fahrer wegen einer Schafherde halten und hupen. Man sagte mir später, ich sei längst als verschollen aufgegeben gewesen.

So aber blieb mir Zeit, hinauszurennen bis zur Straße und meinen Platz im Autobus wieder einzunehmen. Und da erst bemerkte ich, daß ich jenen schöngeschliffenen Glasflakon immer noch in meiner Hand hielt, und es war noch ein winziger Rest von jenem märchenhaften Badesalz darin. «Tante Alma machte eine Pause und sagte dann versonnen: »Ich atme manchmal noch den Duft, hebe den Glasstöpsel und ziehe diese unvergleichliche Aromen-Symphonie tief in mich hinein, und die Erinnerung wallt auf, sengende Sonnentage und kühle Nächte.«

In die ergriffene Stille nach dieser Erzählung fragte unser Schwesterchen Cordula: »Wenn Onkel Herbert nun dies orientalische Badesalz nachmachen könnte, dann würde er bestimmt steinreich.«

Onkel Herbert nickte: »Man müßte eine Analyse versuchen«, sagte er.

Eine Woche später war Onkel Herbert abends wieder bei uns und es drängte ihn offenbar zu berichten: »Ich war bei ihr, und sie hat mir eine kleine Probe von diesem Badesalz aus dem Atalsgebirge überlassen. Diese Kristalle duften wirklich, wie ich noch nichts auf Erden erlebt habe, und ich habe mich doch weiß Gott in den letzten Jahren mit Duftstoffen beschäftigt.«

»Meinst du, man könnte eine Analyse machen?« fragte unser Vater.

»Es wird eine Heidenarbeit. Ich werde noch viel studieren müssen«, antwortete Onkel Herbert und sah ein bißchen mutlos aus. Dann schüttelte er den Kopf und schnaubte durch die Nase: »Ich hab mit

Alma einen Vertrag machen müssen«, sagte er. »Sie rückte die Probe von dem Badesalz erst raus, nachdem ich ihr's schriftlich gegeben habe, daß sie 75 Prozent von meinem Verdienst kassiert, wenn ich's geschafft habe: die Analyse, die Herstellung, den Absatz. Fünfundsiebzig Prozent! Man sollte es nicht für möglich halten, wie hart dieses Weib ist.«

Er schlug mit der Faust auf den Tisch: »Diese immense Arbeit, und was bleibt mir? 25 Prozentchen.« Er sah unseren Vater an: »Ich werde sie heiraten müssen, dann hab ich wieder 100 Prozent.«

»Ich warne dich«, sagte unser Vater.

Onkel Herbert knurrte: »Schließlich ist sie zehn Jahre älter als ich.«

»Aber zäh«, sagte unser Vater.

In den folgenden Monaten sahen wir wenig von Onkel Herbert. Er hatte Vorlesungen in der nahen Universitätsstadt belegt. In seinem Laboratorium brannten die Lampen oft noch am Morgen, wenn wir im Winter im Dämmern zur Schule gingen. Einmal trafen wir ihn zu Hause bei uns, abgemagert sah er aus. Vater und Mutter sahen ihn mitleidvoll an. »Die Wissenschaft zehrt den Menschen auf«, jammerte er.

»Wie weit bist du denn, Onkel Herbert?« fragte Mutter. Onkel Herbert legte das müde Gesicht in die Hände: »Wer weiß das zu sagen«, flüsterte er, und dann ging er bald wieder in sein Laboratorium.

Doch dann kam ein Tag, da läutete es Sturm an unserer Haustür. Wir machten auf und herein rannte Onkel Herbert, in beiden Händen ein großes Schraubglas tragend. Er rannte bis mitten ins Wohnzimmer. Mutter kam noch in der Schürze aus der Küche. Und da stand er nun auf dem falschen Perser und schraubte das Glas auf und rief: »Und jetzt schnuppert mal!«

Das taten wir, und es war hinreißend, überwältigend, märchenhaft. »Das sind alle Köstlichkeiten des Orients!« schrien wir. Und Schwesterchen Cordula lief schon aus der Tür und rief zurück: »Ich geh das Badewasser aufdrehen!«

»Halt!« befahl Onkel Herbert. »Tante Alma hat zur Bedingung gemacht, und das ist ausnahmsweise mal eine gerechte Forderung: Sie will die erste sein, die in dem Badesalz aus dem Atlasgebirge badet.«

Er reiste am nächsten Tag zu Tante Alma.

Schon am Abend darauf sahen wir wieder Licht in Onkel Herberts Wintergarten. Aber er besuchte uns nicht. »Da wird doch nicht jemand eingebrochen haben«, meinte unser Vater. »Es könnte ja sein, daß Onkel Herbert von der Erfindung geredet hat, daß jemand ihm das Geheimnis der Mischung stehlen will. Ich gehe mal nachsehen.«

»Dann komme ich mit, das ist allein zu gefährlich«, sagte unsere Mutter.

»Dann kommen wir auch mit«, brüllten wir.

Nach einigen Diskussionen zogen wir alle los. Vater klingelte. Onkel Herbert machte nach längerer Zeit erst auf.

»Ich wäre morgen gekommen«, sagte er nicht sehr freundlich. »Wir wollten nur hören, was Tante Alma gesagt hat«, fragte Mutter.

»Natürlich war ich nicht dabei, als sie badete«, erwiderte Onkel Herbert.«

»Nana«, meinte Vater, »ihr seid doch mehr als erwachsen und — soviel ich von Tante Alma weiß — wollt ihr nächsten Monat heiraten.«

»Soso, das hat sie erzählt«, sagte Onkel Herbert freudlos. Er kam jetzt doch nicht mehr drumherum, uns ins Haus zu bitten. Wir saßen alle in seinem Wohnzimmer, das aber auch mit Chemikalien vollgestellt war. »Tante Alma konnte mir nicht mehr viel sagen«, erzählte Onkel Herbert. »Ihr Zug ging; den durfte sie keinesfalls verpassen. Es hatte ja so unendlich lange gedauert, bis sie schließlich in der UdSSR eine Reisegruppe ausfindig machte, die die Wüste Gobi durchwandern will. Ja, und genau an diesem Nachmittag, als sie das Badesalz ausprobierte — sie hat übrigens von drinnen noch gerufen: 'Ja, das ist es, Herbert. Alle Köstlichkeiten des Orients!' —, an diesem Nachmittag fuhr der Zug nach Swerdlowsk, und dort stieß sie zu jener Reisegruppe.«

Monate vergingen. Von Tante Alma kam keine Postkarte. Und Onkel Herbert tat nichts, die industrielle Produktion des Elixiers aufzunehmen. Er kam nur noch selten.

»Er leidet wohl doch unter der Trennung von Tante Alma«, vermutete unsere Mutter.

Vater legte seine Zigarre weg und sagte: »In der Wüste Gobi sind schon viele verdurstet«.

»Du bist herzlos, Kurt«, schimpfte Mutter.

Vater nahm seine Zigarre wieder: »Hoffen wir, daß sie ihr Testament ordnungsgemäß gemacht hat«, lachte er.

Es war schließlich Onkel Herbert, der — als in Behördendingen erfahren — Tante Almas Todeserklärung einleitete.

Danach kam der Tag der Testamentseröffnung. Wir waren alle in Sonntagskleidern bei Gericht. Das Testament war ordnungsgemäß und ohne Formfehler abgefaßt, wie der Amtsrichter bemerkte. Sein Inhalt besagte, daß Onkel Herbert das gesamte bare, mobile und immobile Vermögen erbte.

Man muß sagen: Onkel Herbert hat sich nicht lumpen lassen. Er lud uns ein. Wir saßen in seinem Wohnzimmer, aus dem jetzt alle Chemie verschwunden war. Es gab ein exquisites kaltes Buffett, es gab kostbaren Champagner, von dem auch wir kosten durften. Und Schwesterchen Cordula tanzte schließlich im Zimmer umher und sang nach bekannter Melodie: »Die Tante liegt im Wüstensand, Wüstensand, Wüstensand. Dort ist sie völlig unbekannt ...«

»Nein«, sagte Onkel Herbert plötzlich und stand auf. »Nein, Tante Alma liegt nicht im Wüstensand der Wüste Gobi.«

»Natürlich«, sagte Vater. »Ich habe ja die Akten gesehen. Schon in Swerdlowsk ist sie nicht aufgetaucht. Professor Mjeredeiwjew, der Leiter der Expedition, hat die Abreise von Swerdlowsk eigens wegen Tante Alma um einen Tag verschoben. Umsonst. Es bleibt ein Rätsel.«

»Irgendwann mußte Tante Alma so enden«, sagte Mutter.

Da trat Onkel Herbert in unsere Mitte: »Es ist kein Rätsel«, sagte er, »und Tante Alma endete auch nicht durch ihre Abenteuerlust.« Er füllte sein Sektglas und trank es auf einen Zug. »Damals«, fing er an, »damals habe ich stundenlang vor der verschlossenen Badezimmertür gewartet. Geklopft habe ich, gerufen habe ich: 'Tante Alma, dein Zug nach Swerdlowsk!' Nichts kam von drinnen. Dann brach ich die Tür auf. Ein wunderbarer Duft hüllte mich ein, fast betäubend, alle Köstlichkeiten des Orients. In der Badewanne aber war nur eine bräunliche Flüssigkeit. Ich brauchte bloß noch den Stöpsel rauszuziehen und ein bißchen nachzuspülen.«

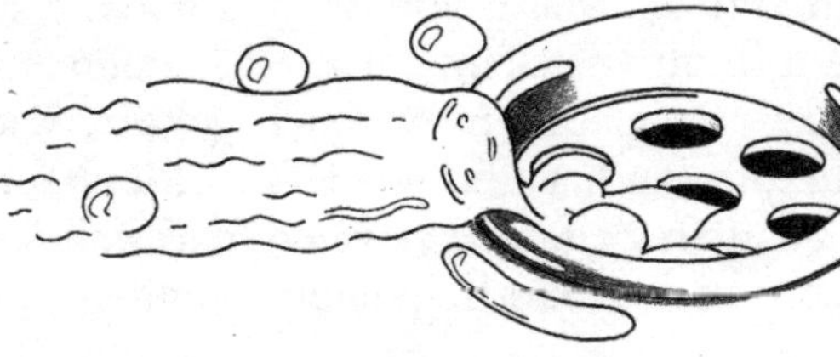

Ich leite das Entmündigungsverfahren ein«, schrie Onkel Karl-Eugen manchmal und stürmte, die Bankauszüge in der Hand, aus dem Büro durch den Salon und ans Telephon; er wollte nicht, daß die Angestellten von seinen Sorgen erfuhren.

Man konnte sicher sein, Onkel Ferdinand war der Grund des Kummers. Oft waren seine einzigen Lebenszeichen die Abbuchungen vom Firmenkonto, und die Firma geriet dadurch, bei der kühnen Investitionspolitik Onkel Karl-Eugens, manchmal nahe an den Ruin.

Da aber Onkel Ferdinand fünfzig Prozent der Firma ererbt hatte, war ihm nicht beizukommen, niemand konnte es ihm verwehren, seinen Anteil am Roulette-Tisch oder beim »Trente et quarante« zu verspielen. Nur als er uns einst, bei einem sehr seltenen längeren Aufenthalte daheim, das lustige Kartenspiel »Gottes Segen bei Cohn« beibrachte — wir spielten nur um Knöpfe —, da wurde er schwer gemaßregelt, und es wurde ihm ein für allemal untersagt, mit seiner verhängnisvollen Sucht jüngere Generationen zu verseuchen.

Onkel Karl-Eugens kühne Hoffnung ging dahin, Bruder Ferdinand könne eines Tages an eine energische Frau geraten, die ihn zu bändigen verstehe. Und diese Hoffnung war nicht völlig abwegig; denn Onkel Ferdinand, als Mann von Welt, übte eine starke Anziehungskraft vor allem auf ältere Damen aus, die noch zu wissen glaubten, was sich gehört, wie ein Mann aufzutreten hat und wie er sich kleiden muß. Es ist ja zu allen Zeiten so gewesen, daß sich weibliche Wesen von Äußerlichkeiten blenden ließen, wähnend, das bißchen verdrehten Charakter nach kurzer Behandlung in genehme Formen zu biegen, wobei sich keine Frau von der oft sogar beweisbaren Tatsache abschrecken ließ, daß schon zwei Dutzend Geschlechtsgenossinnen am Objekt ihrer von Liebe beflügelten Pädagogik scheiterten. »Laß ihn nur erst in meinen Händen sein«, sagten sie, selbstbewußt bis zur Komik.

Einer dritten Eigenart Onkel Ferdinands muß hier gedacht werden, um das Folgende ganz zu verstehen: er war ein bedeutender Weinkenner. Er vermochte einen Médoc aus Margaux von einem aus Cantenac zu unterscheiden, obwohl die Gemeinden dicht beieinander liegen. Beim Chambertin-Burgunder vermochte er sogar die Jahrgänge blind zu bestimmen bis hinunter zum 1911er. Und einmal hatte er einem britischen Gentlement 10000 Pfund abgewonnen, als er gewettet hatte, feststellen zu können, ob ein Chambolle-Musigny rechts oder links des Flüßchens Bouillante gewachsen sei. Bei drei Flaschen blieb Onkel Ferdinand unentschieden, aber der Brite mußte zugeben, der Erzeuger hatte Weinberge auf beiden Seiten.

Um es soweit zu bringen, bedarf es natürlich ausgedehnten und unablässigen Trainings, und wie jede Höchstleistung, so muß auch diese mit Opfern erkauft werden; kurzum, Onkel Ferdinand war oft sterngranatenvoll.

Waren vermehrte Abbuchungen vom Firmenkonto das Signal dafür, daß Ferdinand wieder mal vom Spielteufel gepackt wurde, so bedeuteten Ansichtskarten mit manchmal lyrisch-landschaftlich bezogenen Texten — wie wir aus Erfahrung wußten —, daß ein weibliches Wesen sein Herz gerührt hatte.

Eine ganze Serie von schönen Ansichtskarten des Luganer Sees, die im Verlauf von sechs Wochen ein trafen, ließ Onkel Karl-Eugen hoffen, nun habe Ferdinand seine Dompteuse gefunden.

Dann jedoch traf plötzlich eine Ansichtskarte ein, die das Holstentor in Lübeck zeigte und hinten eng beschrieben war. Onkel Ferdinand teilte mit, er werde unfehlbar als vielfacher Millionär in den Schoß von Firma und Familie zurückkehren. In Campione habe er den Conte Valieri aus Catanzaro kennengelernt, und der habe ihm — allerdings für eine recht bedeutende Summe — das absolut sichere Roulettesystem verkauft. Aus astrologischen Gründen aber funktionierten Prinzip und Methode nur im hohen Norden, am optimalsten auf dem 54. Grad nördlicher Breite, und er habe sich deshalb nach Travemünde begeben.

Solche Nachrichten vermochten Onkel Karl-Eugens Hoffnungsbarometer nicht in die Höhe zu treiben. Er glaubte weder an Roulettesysteme noch an Astrologie, sondern ausschließlich an seine Bilanzen, auch hatte Ferdinand schon öfter versprochen, mit gewonnenen Millionen der Firma unter die Arme zu greifen.

Onkel Karl-Eugen war gerade auf Geschäftsreise, als bei uns Luigia eintraf. Sie kam aus dem Tessin, und sofort war uns klar: sie stellte den eigentlichen Grund für Onkel Ferdinands Flucht vom Luganer See nach dem Norden dar. Sie war eine schwer angejahrte Dame, diese Luigia, und sie sprach kein Wort deutsch. Durch Vorweisen eines Ringes mit der Gravur »in eterno Ferdinando tuo« und indem sie beide Hände auf die umfangreiche Herzgegend drückte, machte sie uns klar, daß hier sowohl Herzensbindung als auch Eheversprechen vorlägen.

Wir waren noch dabei — anhand von rasch beschaften Wörterbüchern —, Luigia klarzumachen, daß ihr Verweilen und Harren auf Ferdinand keinen

Sinn habe, und es besser sei, den Schnellzug Nürnberg, München, Zürich, Lugano zu nehmen, da kehrte Onkel Karl-Eugen von seiner Geschäftsreise zurück. Er war gewiß ein großer Menschenkenner, aber er überschätzte Luigia in ihrer Fülle und Rundlichkeit mit dem schweren Doppelkinn und den sanften Augen; sie war mit Sicherheit einem Ferdinand nicht gewachsen; doch Karl-Eugen — wir alle leben von Hoffnungen — behielt sie da.

Und das dauerte Wochen. Von Travemünde fehlte jede Nachricht. Onkel Karl-Eugen begann zu zweifeln, ob es möglicherweise nicht doch ein unfehlbares, astrologisch begründetes Roulettesystem gäbe. Er machte sich schon Sorgen über die abgerissene Verbindung und eines Morgens beim Frühstückstisch erzählte er ganz niedergeschlagen von einem Traum: Onkel Ferdinand habe dort oben im Holsteinischen mit den gewonnenen Millionen eine eigene Firma aufgemacht und räche sich nun durch scharfe Konkurrenz für alle erlittenen Mahnungen, Erziehungsversuche und Beschimpfungen.

Aber Träume sind Schäume; eines Mittags, die kalte Jahreszeit hatte schon begonnen, stand Onkel Ferdinand vor der Haustür. Er stand nicht alleine da, er war in Begleitung einer hageren, hochgewachsenen Dame in fortgeschrittenen Jahren. Er wäre auch kaum in der Lage gewesen, alleine zu stehen. Die Dame, seine Begleiterin, erzählte entschuldigend: Ferdinand sei schwer erkältet und habe deshalb eine größere Menge Arznei zu sich genommen und zwar eine Mischung aus Rum und Bärenfang, versetzt mit einer starken Abkochung von Anis.

Onkel Ferdinand ging denn auch gleich ins Bett. Wir aber saßen mit der Dame im Salon; wir saßen sehr aufrecht und sprachen bald alle halblaut und druckreif; denn Vornehmheit zieht Kreise, zumal wenn sie so massiv ausgestrahlt wird: vom schwarzen hochgeschlossenen Kleid mit den weißen Rüschen am Hals bis zu den schlanken Händen, die eine Teetasse zu halten vermochten, als sei's der heilige Gral. Halblaut und druckreif erzählte die Dame: eines Morgens habe sie Onkel Ferdinand gefunden. Sie unternehme jeden Tag um acht Uhr dreißig einen Rundgang durch ihren weitläufigen Park. Der erste Schnee habe Rasenflächen und Blumenbeete bedeckt, ein feuchter Schnee, der selbst auf den letzten, nun geneigten Rosen als weißes Häubchen liegengeblieben sei. Und in diese elegische Stimmung habe eine schwarze Gestalt so gut gepaßt, daß sie dieselbe zunächst nicht bewußt wahrgenommen habe, eine Gestalt, gehüllt in einen schwarzen Mantel, den Kopf bedeckt mit einem schwarzen, in die Stirn gezogenen Hut, sitzend auf der verschneiten Bank am Diana-Tempelchen. Doch dann — aufwachend aus der Illusion, durch das Wintergemälde eines frühen Expressionisten zu schreiten — sei sie nähergetreten, zweifelnd, ob jene Gestalt schlafe, des Bewußtseins beraubt oder gar abgeschieden sei. Endlich habe sie sich ermannt, ihn anzurühren bei der überschneiten Schulter. Und da habe er sich bewegt, den Hut aus der Stirn geschoben und habe sie angeschaut mit Augen, die ihr bis ins Herz drangen.

Die Dame, das muß nun dringend erwähnt sein, stammte aus bekanntem mecklenburgischem Adel. Nennen wir sie Auguste. Sie sagte: »Diese frühwinterliche Begegnung habe ich, die ich selber am Rande des Lebenswinters stehe, als tiefere Bedeutung und Fügung des Schicksals aufgefaßt. Ich bin nicht getäuscht; während ich an seinem Krankenbette dem Fiebernden die Stirne kühlte, kamen wir uns näher. Doch ehe diesen Bund der Himmel segnen soll, bat Ferdinand, ihn hierherzubringen zu den Seinen.«

Wir haben Onkel Karl-Eugen schäumend vor Wut erlebt, wir haben gesehen, wie er listig und voll Tücke die gefährlichsten Klippen des Geschäftslebens umschiffte, aber ratlos sahen wir ihn nur jetzt, als wir ihm mitteilten, daß im Fremdenzimmer des Nordgiebels die eine und im Fremdenzimmer des Südgiebels die andere Verlobte Ferdinands wohne. Von der südlichen Luigia wußte er ja längst und alle seine Hoffnungen ruhten auf ihr. Aber das Auftauchen der adeligen Dame aus dem Norden brachte ihn schier um den Verstand. Anklägerisch stand er an Ferdinands Krankenlager, wurde aber von der autoritären Auguste brüsk hinausgewiesen; ob er den Leidenden etwa töten wolle?

Luigia, des Deutschen immer noch nicht mächtig, bekam von all diesen Geschehnissen nichts mit. Wir sorgten dafür, daß sie sich in Onkel Ferdinands Zimmer nur aufhielt, wenn Auguste ihre Krankenwache unterbrach. Ab und an mußte auch diese Dame von Adel natürlichen Bedürfnissen folgen, sei es kurzfristig, sei es um zu schlafen.

»Wie lange soll das so fortgehen?« fragte Karl-Eugen uns. »Was wird geschehen, wenn Auguste begreift, weshalb Luigia hier weilt; was wird die Reaktion Luigias sein, wenn sie die Absichten Augustes erkennt? Wir leben auf einem Vulkan, der jederzeit ausbrechen kann.«

Wie schon aus der sehr aktiven Krankenpflege Augustes deutlich wurde, war sie die tatkräftigere; man findet das ja häufig beim Adel, der die schmarotzenden Missetaten seiner Ahnen durch eigenes caritatives Bemühen auszugleichen bestrebt ist. Das ging soweit, daß Luigia sie schlichtweg für eine angestellte Krankenpflegerin hielt.

Auch in der Küche war Auguste oft tätig, nicht nur, daß sie die komplizierten und immer hochprozentigen Heilmittel für Onkel Ferdinand dort mischte; sie bereitete auch manche Speise zu, nach welcher er verlangte, oder die sie für förderlich hielt.

Über Luigia sprach sie nicht mit uns. Aber es war offensichtlich, sie hielt diese, wegen ihrer Sprachlosigkeit, für ein schwachsinniges Mitglied unserer großen Familie. In Adelskreisen pflegt ja jede Generation mit irgendeinem Trottel gesegnet zu sein, der unauffällig unter den Verwandten lebt und dezent übersehen wird.

Die beiden trafen aufeinander in der Küche. Auguste hatte, der winterlichen Jahreszeit entsprechend und einer alten Tradition ihres Geschlechtes folgend, einen Stockfisch besorgt. Sie hatte ihn in handliche Stücke geschnitten, damit er zum Einweichen in eine Schüssel paßte. Darin hatte er 24 Stunden gewässert, und Auguste hatte mehrmals neues Wasser eingefüllt.

Nun, an diesem verhängnisvollen Morgen entfernte Auguste Haut und Gräten und schnitt mundgerechte quadratische Stücke von dem eingeweichten Fleisch des Stockfischs.

In diesem Augenblick, als Auguste den Rücken wandte, um zwei Zwiebeln fein zu hacken, betrat Luigia die Küche. Sie sah den Stockfisch bereits sauber vorbereitet. Sie wußte sehr wohl, was sie da vor sich hatte, denn vom Tessin bis ins südlichste Sizilien ist der Stockfisch ein begehrtes Winteressen und bekannt unter der Bezeichnung »stoccafisso« oder »baccalà«, obwohl er doch eigentlich in Norwegen als Kabeljau, Schellfisch oder Dorsch in die Netze geht.

In geräumiger Pfanne auf dem Herd schmorten bereits in Ringe geschnittener Porree im Öl, wozu Auguste die gehackten Zwiebeln gegeben hatte. Und eben wandte sie sich ab und hackte Petersilie klein, da nutzte Luigia die Gelegenheit, schälte und hackte vier Knoblauchzehen und warf sie hinter Augustes geradem Rücken in die Pfanne.

Zwar zog Auguste die adelige Nase kraus, glaubte sie doch höchst unmecklenburgische Düfte zu riechen, mochte jedoch nicht an Knoblauch und überhaupt ein Eingreifen der Verstörten glauben, sah aber doch mißtrauisch aus den Augenwinkeln zu, wie Luigia eine Dose gepellter Tomaten öffnete, danach einem Gläschen vier Sardellen in Öl entnahm und sie mit der Gabel zerdrückte.

Auguste suchte den weißen Pfeffer und fand ihn nicht, mit hochgerecktem Arm stand sie am Gewürzschrank, um die obersten Behältnisse zu untersuchen, und über die Schulter spähend bemerkte sie, daß Luigia die zerdrückten Sardellenfilets mit den zerdrückten Tomaten vermischte.

Was für eine seltsame Speise rührte die Verrückte da an? dachte Auguste, beobachtete, daß Luigia sich zum Herd und zur Pfanne wandte, die Hand mit der Schüssel erhob und offensichtlich Anstalten machte, den Inhalt in Augustes Sud aus Zwiebeln und Porree zu gießen. »Halt!« schrie Auguste.

Aber Luigia hatte sich längst daran gewöhnt, garnichts zu verstehen und kümmerte sich nicht um den Aufschrei der ›Krankenschwester‹, wurde aber von der am Arm gepackt, wehrte sich. — Unverschämt wie das Personal sich zu benehmen wagt! — Sie stieß Auguste zurück. Bei der brachen alte Raubritterleidenschaften durch die adelsblasse Oberfläche. — Soll man sich das Gesundungsessen für den geliebten Ferdinand von dieser Närrin verderben lassen? — sie kämpften stumm. Was Auguste an Länge voraushatte, das machte Luigia an Gewicht und Standfestigkeit wett. Taft und Barchent fetzten, die kunstvoll gebauschte silberhaarige Frisur Augustes löste sich, obwohl Luigia nur mit einer Hand kämpfte; in der anderen hielt sie die Schüssel hoch erhoben. Dafür trat sie mit den kurzen aber stämmigen Beinen nach Augustes nicht kleinen Füßen, stampfte einen offenbar empfindlichen Hühneraugenzeh in Grund und Boden, konnte sich so Luft verschaffen, und ehe noch der hohe Aufschrei Augustes verklungen war, hatte sie Tomaten und Sardellenfilets in die Pfanne auf dem Herd gekippt.

Nun aber blitzte der große Schöpflöffel, von der Wand gerissen, in Augustes Hand, die kleinere Luigia wehrte die Schläge mit einem Hackbrett ab. Der Kampf tobte mehrmals um den langen Küchentisch, Luigia beständig auf dem Rückzug, bis sie eine schwere irdene Rührschüssel zu fassen kriegte und diese hob, um sie Auguste an den wild vom Haar umflatterten Schädel zu werfen.

Doch dieser Augenblick des Ausholens genügte. Zwangsläufig hatte Luigia ihre Deckung vernachlässigt und, ehe sie werfen konnte, traf sie der Schlag mit dem Schöpflöffel auf die Frisur. Hackbrett und Rührschüssel entfielen ihren Händen, sie selber stürzte, von dem Triumphgelächter Augustes schaurig begleitet, aber sie stürzte nicht zu Boden, sondern gegen das hohe Küchenbord, ein altes ehrwürdig-eichenes Stück, das kippte, Teller und Näpfe, Tassen und Töpfe auf den Steinfußboden knallen ließ, zugleich aber mit einem oben angebrachten Barockornament, eine Eule darstellend — geistreicheren Generationen hatte das Möbelstück wohl als Bücherregal gedient —, mit dieser Eule aus Hartholz also, die immer noch ihren Sieg bejubelnde Auguste an der Stirn traf, sodaß nun beide Damen außer Gefecht gesetzt waren: Auguste dramatisch und durch ihre schwarze Gewandung tragisch umdüstert auf den Fliesen ausgebreitet, Luigia zwischen

zwei Regalbrettern des von ihrer Fülle im Sturz gebremsten Tellerbords eingeklemmt, halb aufrecht, jedoch ebenfalls ohne Besinnung.

Auf dem Herd aber brodelte sanft der Sud aus Öl, Zwiebeln, Porree, Knoblauch, Petersilie, Sardellenfilets und Tomaten, den die beiden Rivalinnen gemeinsam komponiert hatten. Und Onkel Ferdinand, der natürlich im Bett lag, wurde durch den lieblichen Duft angezogen und kam in seinem violetten Morgenrock in die Küche. Der Weltmann überblickte die Situation sofort, und das erste, was er tat, war, den Inhalt der Pfanne gut durchzurühren und ein Glas herben Weißweins anzuschütten. Dann gab er in diese duftende Mischung die Stockfischstücke zum Garen.

Dann erst, nachdem diese notwendigsten Arbeiten ausgeführt waren, wandte er sich dem Schlachtfeld zu, prüfte Augustes Reflexe, klopfte Luigias Wangen, und als beide sich nicht rührten, bestellte er telephonisch den Krankenwagen.

Es dauerte, bis der kam, denn er wurde damals noch von zwei Pferden gezogen, und so bekam auch Onkel Karl-Eugen im Büro Kunde vom doppelten Niederschlag.

Er stand lange in der Küchentür und besah den Schaden, dann sagte er: »Alles kein Vergleich zu dem Gewinn, den wir aus diesem Kampfergebnis ziehen können.«

Auguste war auf dem großen Küchentisch sozusagen aufgebahrt, Luigia war wieder zu sich gekommen, aber noch sehr benommen, und der Schlag auf den Kopf hatte ihr Verständnis für die deutsche Sprache nicht erhöht.

Onkel Karl-Eugen rief den Vorstand der »Bruderschaft von der göttlichen Barmherzigkeit« an, Herrn Busalter, einen pensionierten Katasterbeamten.

Es wurde ein langes Gespräch, denn die »Bruderschaft von der göttlichen Barmherzigkeit« war nicht billig und Onkel Karl-Eugen war ein harter Verhandlungspartner. Schließlich fanden sich zwei Herren der Bruderschaft bereit, den Wünschen Karl-Eugens nachzukommen. Der eine wollte ohnedies eine Schwester in Bad Schwartau besuchen, der andere hatte schon immer den Herzenswunsch gehabt, die Alpen zu sehen. Und so wurde Luigia zum Luganer See und Auguste an die Ostsee zurücktransportiert, beide Erster Klasse, das hatten die barmherzigen Brüder sich ausbedungen.

Onkel Ferdinand hatte während all der Aufregungen dafür gesorgt, daß der Stockfisch nicht anbrannte. Zum erstenmal saß er bei dem verspäteten Mittagessen wieder am Familientisch. Das nord-südlich gemischte Stockfischgericht schmeckte köstlich, und Onkel Ferdinand stand, nachdem er seinen doppelten Verdauungscognac getrunken hatte, vom Tisch auf und war, wie durch ein Wunder, geheilt.

Ich glaube, in jeder Familie ist das so: es gibt einen, der am schönsten, klügsten und allen anderen über ist. Bei uns war das unsere Schwester Hedwig.

Sie war sich ihres Wertes vollauf bewußt und blieb uns deshalb lange am Familientisch erhalten, bis sie endlich einen ungemein reichen Textilfabrikanten angelte. Aber mit dem An-Land-Ziehen zögerte sie.

Unsere Mutter sah sich deshalb Hans-Hermann, den Fabrikanten, im Café Troghauer an. Das kostete sie nur eine Tasse Schokolade, die sie am Nebentisch sehr langsam zu sich nahm, während Hedwig einen Windbeutel und zwei Stücke Erdbeerkuchen mit Sahne verzehrte.

»Ich weiß nicht«, sagte unsere Mutter nachher, »du bist wirklich vom Himmel und von der Natur bevorzugt; jeder Mensch, der soviel reinschlingt wie du, der würde fett wie ein Hamster.«

»Hans-Hermann findet meine Figur anbetungswürdig«, sagte Hedwig.

»Wahrscheinlich hat er recht«, nickte Mutter. »Der Mann verehrt dich, das ist selten, und ich finde es garnicht richtig, daß du die ganze Zeit immerzu dem jungen Burschen mit der Elvistolle und der Lederjacke rübergeguckt hast.«

Und weil Hedwig schwieg, sagte sie: »Was mich bedenklich stimmt: Hans-Hermann hat in der Zeit sieben doppelte Kirsch getrunken.«

Hedwig winkte ab: »Das hat er nur getan, weil er leidet.« »Woran leidet er?« fragte Mutter rasch. »Sicher, er ist ziemlich alt. Aber du bist auch nicht mehr jung mit deinen Dreißig, und er wird kaum mehr als doppelt so alt sein. Und wenn er nun leidend ist, dann besteht ja die Aussicht . . .«

Hedwig stoppte unsere Mutter: »Hans-Hermann leidet, weil ich ihn nicht erhöre!«

»Mein Gott«, sagte Mutter, »der Mann ist Millionär, und hinzukommt, daß er dich verehrt; das findet man selten so zusammen. Nur diese Trinkerei. Du solltest jedenfalls nie zu ihm ins Auto steigen, wenn er soviel getrunken hat.«

Hedwig stöhnte auf: »Du hast keinerlei Ahnung, Mutter. So einer wie Hans-Hermann fährt doch nicht selber. Der junge Mann mit der Lederjacke, das ist sein Chauffeur; Kai-Michael heißt er, ein toller Typ!«

Der tolle Typ besuchte uns Monate später und war sehr niedergeschlagen.

»So einen Job findet man nur noch schwer zum zweitenmal«, jammerte er.

Unsere Mutter begriff wie immer garnichts und meinte: »Vielleicht fährt ihn jetzt unsere Hedwig.«

Da lachte Kai-Michael: »Die und den Alten fahren!« rief er. »Die wird doch in Goldpapier eingewickelt, auf Händen getragen, kriegt Puderzucker reingeblasen und wird auf Rosen gebettet!« Und er lachte wirklich unmäßig, bis es auf einmal klingelte und Hedwig kam. »Wir haben uns hier verabredet«, erklärte sie und setzte hinzu, als sie das überaus dumme Gesicht von Mutter sah: »Kai-Michael ist so nett und fährt mich nach Bidenstrup, da ist ein besonders aktiver Tierschutzverein.« Und dann waren die beiden rasch verschwunden.

Auch darin war Hedwig ein Glückspilz. Sie hatte ihr mitleidiges Herz bei uns zuhause nie ausleben können: wenn sie aus dem Nest gefallene Vögel anschleppte, oder von Katzen halbzerfleischte Mäuse zusammenflickte, oder von Hunden beschädigte Katzen kurieren wollte, oder von Menschen geschädigte Hunde, dann war das auf Familienwiderstand gestoßen. – Jetzt, nachdem sie mit Hans-Hermann verheiratet war, konnte sie sich ausleben wie Gottvater im Paradies: drei Tierärzte lebten von ihr, der wunderschöne Park der Fabrikantenvilla verwucherte, weil der Gärtner auf Hedwigs Wunsch und gegen entsprechendes Aufgeld im Frühjahr die Wanderung der Kröten sichernd begleitete, in Sommernächten Karnickel und Hasen von mit Unkrautmittel gespritzten Feldern fernhielt, im Herbst fluguntüchtige Zugvögel mit Kraftfutter päppelte; überdies humpelte ein dreibeiniges Reh durch die Rabatten, ein altersschwaches Dachspaar grub im ehemals sehenswerten Rosenrondell und eine ständig wachsende Schafherde fraß alles, was noch grünte, Tiere, die Hedwig im letzten Augenblick vor dem Messer des türkischen Hammelmetzgers in Leutkaus gerettet hatte, der aber trotzdem nicht aufhörte, Lammkeule und Hammelrücken feilzubieten.

Auch sonst konnte Hedwig nun tun und lassen, was sie wollte, und das war nie billig. Natürlich gab es Ausnahmen: die Entlassung Kai-Michaels bewies ja, daß Hedwig Grenzen gezogen waren. Diese Grenzen aber waren schwer zu sichern, zumal Hans-Hermann beruflich viel und weit unterwegs sein mußte.

»Alte Männer haben so ihre Eigenarten«, erzählte Hedwig. »Es kann passieren, daß um fünf Uhr nachmittags ein Telegramm von Hans-Hermann durchtelephoniert wird: 'Fliege heute ab Manila. Morgen Anschrift Hotel Peninsula Hongkong. Tausend Küsse ...' und so weiter. Und um Mitternacht knirscht der Kies draußen, der Mercedes 500 rollt durch die Einfahrt, Hans-Hermann stürzt mit komischer Hast ins Haus, rennt durch alle Zimmer, guckt in die Schränke, als wenn's mich garnicht gäbe, und sieht aus, als wäre der Infarkt gleich da, und dann erst begrüßt er mich und sitzt abgeschlafft in der Diele, bis ich sage: 'Komm rauf, Hans-Hermann!'«

Er hatte auch Alarmgeräte mit Fernsehaugen und Video installieren lassen, alles wegen der Sammlung von chinesischen Vasen und den Gemälden. »Und neulich«, berichtete Hedwig, »da hat die Sirene ganz schrecklich nachts geheult, als Hans-Hermann in Tokio weilte. Aber dann war auf dem Videoband nur Othello, das ist die altersblinde Dogge, die sah man schläfrig durchs Treppenhaus tappen.« Hedwig fand das sehr komisch.

Aber man muß Hans-Hermann auch verstehen, denn nach Kai-Michael gab es noch diesen Tennislehrer, der jetzt weit weg in München lebt und sich sehr verbessern konnte.

Also nichts gegen Hedwigs Mann oder besser 'Gatten'; denn Hans-Hermann gehört zu den Menschen, die man nur mit Mühe duzt, und kein Mensch ist böse, daß wir ihn eigentlich nur einmal im Jahr zu sehen kriegen: pünktlich am Zweiten Weihnachtstag, wenn er zum Familientreffen einlädt.

Da brachte es mich natürlich völlig durcheinander, als Hans-Hermann voriges Jahr Mitte September anrief — seine Stimme klang ungewohnt dünn und demütig — und sagte: »Könntest du mich bitte mal in den nächsten Tagen aufsuchen?«

»Ist was passiert, Hans-Hermann«, rief ich, aber er sagte nur: »Ich möchte dir einen Vorschlag machen.«

Die alte Köchin, die mich empfing, sah mich an, als wolle sie gleich zum Tranchiermesser greifen. »Ihre Frau Schwester macht wieder Schwierigkeiten«, sagte sie nur und geleitete mich zum grünen Salon. Die Gehörne und Geweihe, die da an den Wänden hängen, stammen noch aus Hans-Hermanns vorehelicher Zeit. Jetzt darf er natürlich nicht mehr jagen, versteht sich. Er schien mir kleiner geworden, als er aus seinem Sessel aufstand, um mich zu begrüßen; sonst winkt er immer bloß: »Setz dich!« — Er gab mir die Hand und hielt sie eine Sekunde zu lange für eine normale Begrüßung; und er fragte: »Was willst du trinken«, während er's früher immer nur mit einer Handbewegung zur altdeutschen Kredenz genug sein ließ: »Bedien' dich!«

Als wir dann saßen, holte er tief Luft und sagte: »Ich weiß, wie angestrengt du arbeitest und daß deine Zeit kostbar ist.« — Mir verschlug's den Atem. Sonst verkündet er bei jedem Familientreffen: ich hätte ja nicht viel, aber jedenfalls Zeit im Überfluß.

Jetzt druckste er lange herum, ehe er mich fragte: »Könntest du es ermöglichen, sechs Wochen Urlaub zu machen? Ich komme natürlich für alle Kosten auf, einschließlich Verdienstausfall.«

Das war schon ein Schock; denn gleich nach dem Eintritt von Hans-Hermann in unseren finanziell etwas klamm gestellten Familienkreis hatte es sich erwiesen, daß er von konsequentem Geiz war, falls es nicht um Hedwig ging. — Und so war eigentlich meine Frage: »Worum geht's denn?« überflüssig. Selbstverständlich ging's um Hedwig.

Geschäftsleute wie Hans-Hermann haben sich in der Gewalt wie alte Pokerspieler, aber seine Stimme vibrierte doch ein bißchen, als er mir erzählte, nachdem Hedwig nun eine ausgezeichnete Tennisspielerin sei, wolle sie auch Segeln lernen, dies aber nicht auf dem nahen Stausee, sondern in Rio Marina an Elbas Ostküste. Von der dortigen Segelschule hatte ihr eine Freundin vorgeschwärmt. – Mehr erklärte Hans-Hermann nicht, aber man sah den schwarzlockigen, italienischen Segellehrer mit dem Profil eines antiken Gottes und dem kurzgekrausten Bart in seinem weißen T-Shirt, das mit der braungebrannten Haut so aufregend kontrastierte, zum Greifen vor sich.

Hans-Hermann seufzte, klopfte ein paar Takte auf der Tischplatte, sah mich an und schloß seine Rede mit den Worten: »Bitte, fahre du mit!«

Es war gegen Abend, und ehe ich antworten konnte, sagte Hans-Hermann: »Ich habe etwas zu essen richten lassen. Machst du mir die Freude? Hedwig ist noch auf der Modenschau in Bad Salzern.«

Die alte Köchin trug auf. Es war ein Fischgericht, Filets geschmort mit Gemüsebeilage, geraspelter Sellerie, über das Ganze eine leicht gestockte Soße von etwas exotischem Geschmack.

Als wir fertig waren, klingelte Hans-Hermann, aber die Köchin hörte nicht, oder wollte nicht hören, sodaß ich Teller und Besteck zusammenlegte und selber hinaustrug in die Küche.

Die Alte war noch mit dem Nachtisch beschäftigt: gefüllte Datteln. — »Nie in meinem Leben hab ich so kochen müssen«, grummelte sie, die Datteln rundum auf die beiden Teller arrangierend. »Er ißt fast nur noch Fisch. Dieser Doktor Salangane hat ihm ein ganzes Kochbuch zusammengestellt, ein Inder. Man weiß ja, wie's diese Asiaten treiben; deshalb gibt's soviele; nichts anderes im Kopf!« Sie sah mich an und zeigte auf die Datteln: »Was meinen Sie, welche Mühe ich hatte, den Likör zu finden, der in die Füllung hineingehört? Parfait Amour! Das sagt doch wohl alles! Crème de Violette ist nicht wirkungsvoll genug, hat dieser indische Doktor gesagt. Ich hätte nie gedacht, daß ich auf meine alten Tage in der Küche noch rot werden müßte beim puren Gedanken daran, wozu ich dies und das anrühre!«

Die Datteln mit dieser Füllung schmeckten nach dem Paradies samt Sündenfall, und danach kamen wir zum Geschäftlichen, wobei Hans-Hermann von einer Großzügigkeit war, daß mir die Augen feucht wurden.

Ich schwor mir denn auch: Das viele Geld soll nicht umsonst investiert worden sein! Und eigentlich war's ganz einfach; man brauchte nur immer dabei zu sein, auch dann, wenn Silvio – so hieß der Segellehrer mit dem Profil eines antiken Gottes – plötzlich mitten in der Nacht eine Segelstunde ansetzte; immer stand ich als Vorschotmann bereit, auch wenn mir der Schädel vom Vino aleatico brauste. Die giftigen Blicke, die die beiden mir zuwarfen, entgingen mir nicht, aber ich baute auf den Familiensinn Hedwigs, eine Tugend, die bei uns stark entwickelt ist. Zudem wußte sie, daß ich ein guter Schwimmer bin.

Die Freude über das Segeldiplom war ihr nicht anzumerken, als wir nach sechs Wochen Richtung Norden auf der Autostrada rollten; damit hatte ich gerechnet, mochte sie ruhig verkniffen und zickig sein, ich hatte meinen Auftrag erfüllt, meine Pflicht getan und Hans-Hermanns Geld ehrlich verdient.

Über der Lombardei lag schon der Nebel frühherbstlicher Tage, und in der Gegend von Voghera sagte ich: »Trinken wir bei Motta einen Espresso, vielleicht kommt nachher die Sonne durch.«

Hedwig schwieg; seit Elbas Küste am Horizont versunken war, hatte sie den Mund kaum noch aufgemacht. – Ich schwenke also auf die Raststelle ab, halte auf dem Parkplatz und sehe beim Aussteigen und traue meinen Augen nicht, der Nebel verhext ja die Welt, sehe, ich bin genau neben einer wundervollen Segelyacht gelandet, bin ganz hingerissen, immerhin man hat ein Herz für Schiffe, zumal wenn sie sich so präsentieren, hoch auf einem Hänger, daß man diese weichen, fließenden Linien alle mit Blicken abfühlen kann, diese Vollkommenheit der Formen, die man sonst nur bei seltenen weiblichen Wesen und seltenen Gelegenheiten genießt.

Ich bin noch stumm und hingerissen, da höre ich von der anderen Seite Hedwigs Stimme: »Gehört das Schiff Ihnen?«

Und die Antwort von irgendwo hoch oben macht mich schaudern, diese Stimme von einem knisternd männlichen Baßbariton, der kein weibliches Herz ruhig läßt, dazu noch in einem glockentönig vokalig-romanisch gefärbten Deutsch: »Kommen Sie an Bord, Signora!«

Ich husche alarmiert um den Bug herum und nach oben blickend sehe ich Ihn: überreife, gestandene Männlichkeit in weißem Bordjackett, goldene Knöpfe, goldene Schulterstücke, goldener Anker auf der weißen Schirmmütze, goldene Schnur, an der er jetzt die Bootsmannspfeife aus der Brusttasche zieht, um im selben Augenblick, in dem das Fallreep vor uns runterknallt, das Signal »Gäste an Bord!« zu blasen.

Meine Schwester war schon halb oben, und ich kletterte natürlich hinterher mit schlappen Knien vor Angst und Sorge. Schon wie er zugriff, der Eigner, um Hedwig über die Reling zu helfen, machte mir klar, hier würde bald Windstärke 12 herrschen, und wie er sich dann formvollendet vorstellte, die Hand am Mützenschirm: »Alessandro Lucratelli!« und »Willkommen auf 'Umberto Terzo'!« — Und während wir in der luxuriösen Kajüte einen Amaretto tranken, erfuhren wir, daß Signor Lucratelli aus Milano stammte und Fabrikant war. Da strahlten Hedwigs Augen: das war nun ein Fabrikant zum Sich-Erträumen.

Nachher in der Raststätte bei Espresso und Grappa, unter dem plötzlich aufgesprudelten radebrechenden Gezwitscher Hedwigs und begleitet von ihrem hohen Kichern, erzählte Lucratelli, daß er unterwegs sei nach Chiávari an der Ligurischen Küste. »Ehe die Herbststürme kommen, mache ich jedes

Jahr die letzte große Fahrt, einen Törn über den ganzen Golf von Genua.«

»Magnifico!« und »Fantastico!« jubelte Hedwig und ihre Hand lag schon auf Alessandros behaarter Pfote, sodaß es dem so leicht wie der Rauch seiner Zigarette von den Lippen ging, dies: »Ja, wollen Sie nicht . . .?« und »Möchten Sie nicht . . .?« und »Können Sie nicht . . .?« und »Ich würde mich unendlich freuen, wenn . . .!«

»Nein« zu sagen war da unmöglich, statt dessen gelobte ich innerlich Hans-Hermann Wachsamkeit bis zum letzten Atemzug; er sollte sein Geld bei mir gut investiert haben.

So fuhren wir denn hinter dem Tieflader mit 'Umberto Terzo' her wieder südwärts. Der Himmel klärte sich, Hedwig schwadronierte, mir war beklommen.

Eine mühsame Fahrt war's; die 'Umberto Terzo', deren schönes Hinterteil mir immer vor Augen blieb, machte auf ihrem Anhänger kaum 20 Seemeilen. Es dämmerte, als Genua unter uns zurückblieb; dann kamen die vielen Galerien der Autobahn, und in einer hatte ein Tankwagen mit bayrischer Milch Motorschaden; das gab eine Stauung, sodaß es spät in der Nacht war, als wir auf der Piazza vor der Vergine dell' Orto in Chiávari anhielten.

Wir stiegen aus, es nieselte vom schwarzen Himmel. Hedwig lief auf Lucratelli zu und rief: »Warum lange ein Hotel suchen? Können wir nicht in der Kajüte der 'Umberto' übernachten?«

Der Schiffseigner tätschelte Hedwigs Rücken und lachte: nein, da wisse er etwas Besseres!

Wir fuhren also wieder, hatten die kleine Stadt rasch durchquert, die Straßenlaternen hörten auf, aus dem Sackdunkel hob sich ein altes Gemäuer, ein einziges Fenster erleuchtet.

»Die Scuola navale«, sagte Lucratelli und zog die Glocke am Portal. »Die Seefahrerschule, leider seit Jahren geschlossen, aber Signora Rumia, die Bidella, die Amministratora, scheint noch immer ihres Amtes zu walten.«

Und sie kam. Das Licht ging an, die Tür ging auf. Lucratelli war offenbar hier bekannt. Wir wurden eingelassen. Signora Rumia schritt voran, eine alte aber hochgewachsene Person, ganz schwarz gekleidet, ein schwarzes Kopftuch um die silberweißen Haare geschlungen, und als sie sich uns zuwandte, um vor uns eine Tür zu öffnen, sah ich: vorne jedenfalls hatte sie nur einen einzigen Zahn.

Es war ein großer Raum, in den wir traten, wüst vollgepackt mit allerlei seemännischem Zubehör: Segelpacken und Rollen von Tau, Schwertkästen und Wirbelblöcke lagen da, Mastpuller und Püttings waren gestapelt, Schlitzklemmen, Achterleinen, Spanner, Bilgepumpen, Winschen und Wanten, Fender und Feudel.

Dies sei der einzige Raum, der noch dichtschließende Fenster und eine regenfeste Decke habe, sagte die Signora. Und Lucratelli meinte: »Wir richten schon das Lager. Sie, Signora Rumia können uns eine Kleinigkeit zu essen bereiten. Der Herr wird Ihnen zur Hand gehen.« Ich war gemeint.

Makrelen hatte sie, die lange, schwarzgewandete Verwalterin dieser Ruine. Ich half die Fische auszunehmen, zu waschen und zu trocknen. Ich verstand die Dame schlecht; eine fremde Sprache aus einem Mund mit einem einzigen Zahn zu verstehen, erfordert weitreichende Kenntnisse. Die besaß ich nicht. Aber ich begriff, was sie erzählte, während die Makrelen in Mehl gewälzt und in Öl fritiert wurden: Alessandro Lucratelli sei vor fünfzehn Jahren noch Professore an dieser Seefahrtsschule gewesen, habe versucht, zur nationalen Ehre der Republik Italien eine weibliche Seemannschaft hier aufzuziehen.

Ein Sugo aus Tomaten, schwarzen Oliven und gehackten Zwiebeln wurde bereitet. Signora Rumias Stimme wurde dramatisch und damit noch unverständlicher: »Scandalo!« verstand ich und »Diffamazione!« »Abisso immorale«. Es ließ sich aus dem Zusammenhang erschließen: Skandal, der arme Lucratelli verleumdet, ein Abgrund von Unmoral! — die fritierten Makrelen kamen in den Sugo und schmorten. »Bugia! Tutte bugie!« rief Signora Rumia. — Alles Lüge also! — Und die Verwalterin streute zerschnittenes Basilikum in den Sugo und zog die Pfanne vom Feuer.

»Er hat dann geheiratet, reich geheiratet nach Milano«, schloß sie ihre Erzählung und legte die Makrelen auf eine Platte.

Mitleid mit Signor Lucratelli ergriff mich, aber dieses Mitleid war wie ein Stromstoß, mir fiel ein: dieser knisternd männliche Yachteigner war nun schon eine halbe Stunde allein mit Hedwig. Ich rannte aus der Küche, verfehlte im düsteren Gang die Richtung, prallte gegen eine verschlossene Tür, stürzte über ein im Wege liegendes Backstag, verwickelte mich in eine Wuling von Leinen und stieß mir beim Aufrichten eine Beule an einer Saling, sodaß ich Signor Lucratelli halb betäubt in die Arme taumelte, als dieser in aller Harmlosigkeit aus der Tür trat, die ich verfehlt hatte. »Das Lager ist bereitet«, sagte er munter und zeigte in den Raum.

Ich sah zunächst nur Hedwig, die in verdächtiger Hast ihr Haar ordnete. Als Lucratelli die Lampe hob, erkannte ich ein Doppelbett aus zwei gefalteten Oberbramsegeln.

»Für dich haben wir drüben in der Ecke einen großen Klüver zusammengelegt«, zeigte Hedwig.

Ich glaube nicht, daß Makrelen schwer im Magen liegen, aber ich konnte nicht schlafen. Der Wind strich durch die schlecht schließenden Fenster, es knarrte und knackte im Gebälk. Ich riß die Augen weit auf, aber es herrschte schwärzestes Dunkel. Ich lauschte und glaubte hastiges Atmen zu hören, aber das war nicht sicher, es mochten die Seekarten sein an den Wänden, die der Luftzug bewegte.

Da, als würde ein Vorhang weggezogen, leucheteten plötzlich die Fenster im matt-gelblichen Schein des Mondlichts. Die Wolkendecke war aufgerissen, breit ergoß sich sanfte Helligkeit in den Raum. Ich saß aufrecht und starrte hinüber zu jenem so verdächtig hergerichteten Doppelbett. Sie lagen nebeneinander, Hedwig und Lucratelli, stellte ich aufatmend fest. Seltsam bewegt zwischen den beiden allerdings erschien mir das Mondlicht. Dann erkannte ich, was sich da bewegte, das war die behaarte Hand Lucratellis auf ihrem verstohlenen Weg zu Hedwigs linkem Oberschenkel. Da mußte Halt geboten werden, da war ich verpflichtet einzuschreiten; aber sollte ich etwa in die Stille hineinrufen: »Lassen Sie die Finger von meiner Schwester, Signore!«

Wenn Lucratelli nun wirklich schlief und nur im Traum Tastbewegungen machte? Andererseits, wenn er tatsächlich Absichten hatte, wäre er dann überhaupt zu bremsen, dieser Südländer?

Auf Knien und Händen kroch ich ein wenig näher und sah, schon streichelten Lucratellis Finger über die engen Jeans von Hedwig. Da stieß meine Hand an einen kleinen Gegenstand, der in dem Durcheinander auf dem Boden lag. Ich fühlte, es war eine Bootsmannspfeife, und von der Hand zum Hirn fuhr die rettende Eingebung: ich setzte die Pfeife an und blies das alarmierendste Signal, das auf See erklingen kann: »Admiral kommt längsseits!«

Und was ich gehofft hatte, es geschah: Der Seemann in Lucratelli reagierte ohne Verzögerung; im Liegen nahm er stramme Haltung an, und seine ausschweifende Hand zuckte grüßend nach oben.

Es dauerte eine Zeit, dann sah ich: er entspannte sich wieder, der Arm sank herab, Lucratelli begann zu schnarchen. Ich ließ mich erleichtert zurücksinken. Aber schlafen konnte ich nicht. Ich dachte an die Erzählung der Signora Rumia. Hatte sie sich nicht voll und ganz auf die Seite des angeblich nur verleumdeten Professore Lucratelli gestellt? Alles Lüge! Diffamazione!? Wie wäre es denn, wenn die Alte mit dem einen Zahn dem Frauenjäger Lucratelli ganz und gar ergeben wäre? Mir fiel plötzlich ein, daß die Makrele ein der Aphrodite geweihter Fisch ist, daß die Tomate ja auch Liebesapfel heißt, daß Origano in Kalabrien den Brautpaaren ins Kopfkissen gestopft wird, daß man Basilikum seit den Tagen des Hippokrates als Förderer fleischlicher Begierden rühmt, daß die Wirkstoffe des Knoblauch nach neuesten Erkenntnissen der Zusammensetzung bestimmter Hormone gleichen, daß die Olive, zumal die schwarze, schlummernde Vulkane der Lust wecken kann; und das alles hatte sie zusammengemixt, die alte Amministratora, gewiß nur, um ihrem Liebling Lucratelli zum Erfolg zu verhelfen.

Ich lauschte eine Weile in mich hinein, ob sich nicht auch bei mir die Wirkung dieses zu Exzessen treibenden Abendessens zeige, ich verspürte nichts; aber das war gewiß meiner Aufregung zuzuschreiben. Ich richtete mich erneut hoch und sah, daß Lucratelli — obwohl sein Schnarchen unverändert forttönte — bereits wieder bis zur Hüftrundung meiner Schwester vorgedrungen war. Ich griff zur Bootsmannspfeife und ließ das Signal »Eigner geht von Bord!« ertönen.

Und Lucratelli salutierte.

So ging das fort und fort. Die Lippen wurden mir lahm vom Pfeifen. Einmal schlummerte ich sitzend ein, erwachte und sah Lucratelli, immer noch schnarchend, ganz offenbar, um mich zu täuschen, sah ihn bereits über Hedwig gebeugt. Die Bootsmannspfeife vermochte ich nicht mehr zu fassen. Mir blieb nur, mit dem Mund eine Schiffssirene nachzuahmen, einmal lang, zweimal kurz: »Wenden über Backbord!«

Und Lucratelli wälzte sich nach links auf seinen Platz zurück. Das Mondlicht wanderte, der Morgen graute, und wurde dann von einer strahlenden Herbstsonne vergoldet. Ich war hundemüde, Lucratelli ganz heiser vom Schnarchen, Hedwig redete wieder nicht mit mir.

So brachten wir schweigend die »Umberto Terzo« zu Wasser. Als wir aufgetakelt hatten, entkorkte Lucratelli eine Flasche mit österreichischem Rum und wünschte »Buon viaggio!«

Der Alkohol löste die Spannung. Auch war jetzt an Bord genug zu tun, den auflandigen Wind auszukreuzen, und Hedwig zeigte, daß sie ihr Diplom zu Recht erworben hatte.

Dann aber — nun schon außer Küstensicht — kamen wir in einen stetig-steifen Südost und Lucratelli schickte mich ans Steuer in die Plicht. Da gibt es für einen Seemann kein Widersprechen, zumal nicht auf hoher See, und so stand ich, die Hände an den Speichen, den Wind im Nackenhaar, ab und an den rechtweisenden Kurs mit den Werten von Mißweisung und Deviation beschickend, die leicht kabbelige See vor Augen, bis die Wärme mit der Zeit zunahm, das Tagesgestirn höher stieg und das Meer an Steuerbord in ein Feuerwerk spiegelnder Reflexe verwandelte.

Ein kehliges Glucksen, ein Kichern ließ mich auffahren. Ich sah meine Schwester Hedwig aus dem Kajütenniedergang auftauchen, jene Cavatine trällernd, die, wie ich glaube, Mozart schrieb, und in der die vertrackte Zeile: »Leg deine Hand auf mein pochendes Herz . . .« vorkommt.

Auch was das Singen betrifft, war die gesamte Begabung der Familie auf Hedwig konzentriert, sie hatte schon ganze Madrigalchöre in Eifersuchtsdramen gestürzt. Nun aber perlten diese Töne aus einer kaum verhüllten Brust, und indem Hedwig vollends sichtbar wurde und über Deck zum Bug schritt, wo sie meinen Blicken entschwand, sah ich: sie trug ihren knappsten Bikini — der Tanga war damals noch nicht erfunden.

Hätte ich etwa meinen Platz am Steuer verlassen sollen, um Hedwig ihren Bademantel umzuhängen und sie in die Kajüte zurückzuführen? — Gewiß, das Steuer ließ sich für diese kurze Zeit mit einem Tampen belegen. Aber was würde ich tun, wenn der verärgerte Lucratelli mir dann kühl und formvollendet mitteilte, ich hätte das Schiff zu verlassen, von Bord zu gehen? Hat nicht der Kapitän auf hoher See unumschränkte Kommandogewalt? — Gewiß, ich hätte später vor dem Seegericht Klage erheben können, wenn ich noch dazu gekommen wäre; wir waren an die fünfzig Seemeilen von der Küste entfernt. Unser Kurs verlief nahezu breitengradparallel und zielte auf Savona.

Meine Gedanken wurden unterbrochen. Ich hörte die Stimme Hedwigs: »Ja, aber gerne!« rief sie fröhlich. Und nun kamen beide vom Bug zurück, Hedwig und Lucratelli, und verschwanden nach unten in der Kajüte. Ich schwitzte. Nie ist Seemannspflicht mir so schwer gefallen. Ich schnaubte vor unterdrückter Wut. Ich sah Hans-Hermann fern in seinem Büro über gewinnträchtige Abrechnungen gebeugt; Mitleid ließ mich erzittern.

Unter Deck und dann auf dem Vorschiff hörte ich lebhafte Bewegungen, Schritte, Rufe, Lachen. – Wohl ein Haschemannspiel vor dem Akt, dachte ich.

Da ging am Mast eine Flagge hoch; ich erkannte die »Eignerdinnerflagge«. Gleich darauf folgte ein zweites Signal: Blaue Messer, Gabel und Löffel im gelben Feld, »Bordgäste klar bei Backen und Banken!«

Obwohl ich völlig allein in der Plicht stand, ich wurde rot. Ich schämte mich. Das also war der Grund für die Bewegungen unter und auf Deck gewesen: Essensvorbereitungen und das Heraussuchen der passenden Signale aus dem Flaggenkasten.

Ich belegte das Ruder und begab mich in die Kajüte, entschlossen, durch besondere Freundlichkeit meine Gedankensünden wiedergutzumachen.

Aber schon der Geruch, der aus der Kombüse drang, alarmierte mich: da war wieder Knoblauch im Spiel, diesmal in Fülle!

Lucratelli selber trug auf, eine Schüssel, deren Inhalt ein wenig dem Labskaus ähnelte. Er verkündete, dies sei ein altes ligurisches Seefahrergericht, der »Cappon magro« zu deutsch: »magerer Kapaun«. Leider fehle es an eingesalzenem Seefisch und Pökelfleisch an Bord, der Hauptnahrung auf den Galeas, den besegelten Galeeren. Zu Dosen habe man seine Zuflucht nehmen müssen: Thunfisch in Dosen, Corned-Beef in Dosen. Eier hartgekocht und gehackt, grüne Oliven, Salz, Pfeffer, Olivenöl und Balsamicoessig.

»Sie vergessen, den Knoblauch zu nennen!« rief ich.

»Es sind nur vier Zehen«, sagte Lucratelli, »nicht der Rede wert! Aber halten Sie nur die Nase über den Brotaufstrich! Wir essen geröstetes Weißbrot zu Cappon magro!«

Das war nun ein Knoblauchkonzentrat vermischt mit zerdrücktem Eigelb, gewürzt mit Sardellen, mit Kapern . . . Kurzum, wer dies Mittagessen zu sich nahm, der konnte gegen alles bessere Wollen keiner Versuchung mehr widerstehen.

Dazu tranken wir den Wein aus San Gimignano, den berühmten Vernaccia; man weiß ja, dieser Wein ist schuld daran, daß Giovanni Antonio Bazi, als er im Palazzo Pubblico von San Gimignano die Fresken malte, zu seinem Beinamen kam: Sodoma!

Ich beobachtete Lucratelli: er schob Gabel auf Gabel ein, strich sich eine Röstbrotscheibe nach der anderen mit dem aphrodisiakischen Brei, trank den Vernaccia wie Wasser. Er bereitete sich vor, das war eindeutig. — Sollte ich meine Schwester Hedwig einfach bei der Hand nehmen und mit ihr über Bord springen? Die Wahrscheinlichkeit, auf dieser sehr befahrenen Route ein Schiff zu treffen, war nicht klein. — Schließlich tat ich nur eines, ich ließ ein Tischmesser in der Hosentasche verschwinden.

Und dann saß ich wieder am Ruder. Schloß ich die Augen, dann sah ich Lucratellis erhitzes Gesicht vor mir, wie er mir befahl, bis vier Uhr die Wache zu übernehmen. Siestazeit, statistisch neben den Stunden zwischen drei und sechs am Morgen der Gipfelpunkt männlicher Leistungsfähigkeit.

Raumer Wind, Stärke fünf, die »Umberto Terzo« machte gute Fahrt. Im Norden, bei sonst klarem Himmel, zeigten sich jetzt steigende Cumuli, darunter ein Streifen grauer Nimbusbewölkung. Das gab keinen Grund zur Sorge. Der Wetterbericht hatte eben ein ortsfestes Tief zwischen Zürich und Lausanne gemeldet, das alle Störungen nördlich an unserem Kurs vorbeiführen würde.

Ich stellte den Sender ab, als ich schwere Schritte den Kajütniedergang heraufkommen hörte.

Normalerweise bewegt man sich auf einer Segelyacht mit leichtem Schuhwerk, um den Lack und die kostbaren Hölzer zu schonen. Nichts ist ungewöhnlicher, als der Klang genagelter Stiefel auf hoher See, und er läßt den Seefahrer an Klabautermann und Gespensterschiff denken und beschleunigt seinen Puls. Als böse Vorbedeutungen haben solche akustischen Halluzinationen sich oft erwiesen. Überlebende von Schiffskatastrophen berichteten nicht selten, schwere Schritte hätten das Deck erzittern lassen, ehe der Kessel explodiert, der Taifun herangerast sei, die ungeheure Woge des Seebebens das Schiff verschlungen habe.

Tritt aber erst zur akustischen Schicksalswarnung die Vision des Gespenstischen, dann schnürt es dir in der ungeheuren Einsamkeit der Meeresfläche den Hals zu, und du vergißt das Atmen.

So war es nun. Mir erstarrte das Blut, denn aus dem Niedergang tauchte ruckhaft ein grüner Hut auf mit Band und Gamsbart, dann die Läufe einer Drillingsbüchse über grünem Lodenjanker. Der Jäger, oben angekommen, drehte sich mir zu und die Vision gerann zur Wirklichkeit, ich atmete auf: Es war Lucratelli; grün auch sein Hemd, dunkelgrün der Schlips mit eingesticktem braunem Reh, naturfarben die Elchlederhose vom Feinsten, wieder grün die Socken, grobgestrickt aus den dreifach genähten Jagdstiefeln zum Knie strebend.

»Waidmannsheil!« stammelte ich.

Und »Waidmannsdank!« rief Lucratelli fröhlich und unbefangen. Jedenfalls hatte ich ihm aufs Neue Unrecht getan. Während ich in meiner überhitzten Phantasie sein Lustgekeuche in der Kajüte zu hören glaubte, hatte er sich bloß umgezogen.

Nun tauchte auch meine Schwester an Deck auf, verstört und ratlos Lucratellis Arm fassend: »Alessandro, was hast du vor?«

Der Fabrikant aus Mailand, nun ganz Jäger, schob Hedwig sanft zurück: »Silenzio! Äußerste Ruhe bitte!« Und er wies nach Norden, hob das Jagdglas an die Augen, spähte.

Ich hatte das Ruder belegt, war aus der Plicht an Deck gestiegen, folgte Lucratellis Blick und sah das Meer, fern noch, bedeckt mit rundlichen oder länglichen Objekten, erkannte weißschäumende kleine Strudel dazwischen — die »Umberto Terzo« hielt scharf Kurs auf diese Erscheinung —, und nun war's zu erkennen, deutlicher und deutlicher. Rudernde Beine, braune Köpfe, Geweihe, alles dicht bei dicht in einer Richtung strebend, ohne Hast zielbewußt nach Süden, ein leises, vielstimmiges Schnaufen war zu hören.

»Aber das sind ja Hirsche und Rehe!« rief meine Schwester. »Wie kommen die hier ins Meer und in derartigen Mengen?«

Lucratelli sah uns erstaunt an. »Ich dachte, ihr Deutschen wißt alles,« sagte er. »Dies wiederholt sich doch jedes Jahr: der Herbstzug des schweizerischen und oberbayrischen Rot- und Damwilds zu seinen Winterrevieren nach Nordafrika: Marokko, Algerien, Tunesien, Libyen, Ägypten.«

Und dabei hatte Lucratelli das Gewehr schon an der Schulter und knallte: Marokko — bumm! Algerien — bumm! Tunesien — bumm! und schob neue Patronen nach, und draußen auf See bäumten sich die Getroffenen und trieben mit weißen Bäuchen kieloben. Wir waren jetzt mitten im Spitzenrudel: lauter Feisthirsche vom Tegern- und Schliersee. Grausig, wie Lucratellis Büchse ohne Unterlaß knallte, herzzerreißend, wie die schweren Tiere, ohne die getroffenen Artgenossen zu beachten, instinktgetrieben weiterruderten, nach Süden, unbeirrbar dem Gesetz der Natur folgend.

Meine Schwester Hedwig — ich dachte, sie müßte losschreien, Lucratelli anbrüllen, den Jäger wegstoßen, ihm das Gewehr entreißen —, sie stand mit weitaufgerissenen Augen, hielt den Atem an und drehte sich, wie sich Lucratelli visierend mit dem Gewehr drehte, die verkörperte Mordlust, nur noch Ziele im Blick, herankommende, vorbeirudernde, sich entfernende Ziele, während seine Büchse im Dreiertakt knallte und er unerschöpflich Patronen nachlud, und das Meer ringsum sich rot färbte.
Da endlich rührte sich Hedwig. Sie sank in die Knie. Ohnmächtig geworden, dachte ich. Oder wollte sie den Mörder um Gnade anflehen, Gnade für die armen Zughirsche und Wanderrehe?

Nein! Sie griff eine zufällig an Deck liegende, ziemlich schwere Spiere, schwang sie beidhändig hoch und donnerte sie ganz ohne Vorwarnung auf Lucratellis Jägerhut.

Unser Schiffseigner drehte sich langsam, feuerte noch einen Schuß durchs Großsegel und knallte auf die Planken. Da blieb er liegen, ohne Bewegung. Wir sahen dem zerknautschten Jägerhut nach, der windgetrieben über Deck rollte und durch ein Speigatt ins Meer flog.

Und jetzt erst wagten wir es, Lucratelli näher zu betrachten. »Ich glaub, er ist hin«, sagte Hedwig.

Wir drehten ihn herum, riefen ihn beim Namen, begossen ihn mit österreichischem Rum. Aber er gab kein Lebenszeichen von sich.

So haben wir denn Alessandro Lucratelli in derbes Segeltuch eingenäht, wie's guter alter Seemannsbrauch ist, haben ihn geteert und gefedert und den Wellen übergeben. Da schwamm er noch eine Zeit hinter den Nachzüglern des Rudels her, bis er übers Heck absackte.

Wir aber wendeten die »Umberto Terzo« und machten am Abend des folgenden Tages, nach ziemlich hartem Kreuzen, in Chiávari fest. Von da schickten wir Lucratellis Papiere nach Milano, Porta Vittoria, Wildkonservenfabrik Lucratelli, Società commerciale. — Wir fügten kein Begleitschreiben bei, sondern machten uns mit einer gewissen Hast auf den Heimweg.

Vier Wochen später bestellte mein Schwager Hans-Hermann mich zu sich. Er überreichte mir ein Kuvert mit einem Scheck. Ich konnte mich nicht bezwingen, ich guckte sofort nach; die Summe machte mich sprachlos.

Hans-Hermann lächelte ein bißchen und sagte: »Ja, Hedwig ist völlig verändert, seit du mit ihr fortwarst. Was ist nur geschehen? Woher kommt diese Wandlung?«

Ich holte tief Luft, um zu berichten. Da aber winkte Hans-Hermann ab. »Nein«, sagte er, »vielleicht ist es besser, wenn ich das alles garnicht erfahre.«

Und so habe ich diese Geschichte lange mit mir herumgetragen.

Ach ja, Tante Julia, sie begleitete ein stückweit unsere Kindheit als ein Bild der Tugend und der Strenge, vornehm aufgerichtet, gehalten und modelliert von einem harten Korsett aus Fischbeinstäbchen, statt des weiblichen Busens eine klassisch geschwungene Büste, zu nichts anderem geschaffen, als den aus einem Rüschenkragen aufsteigenden etwas faltigen Hals und das Haupt zu tragen mit den schmalen Lippen, der scharfen Nase, den kühlen, wachsam gekniffenen Augen, der wohlgekämmten, straffen Frisur.

Unser Vater erlaubte sich einmal die Bemerkung, obwohl wir im Zimmer waren: »Man kann sich einfach nicht vorstellen, daß sie Beine hat; sie wirkt sozusagen aus einem Guß und ungespalten.«

Das war nach unserem ersten Besuch, als Tante Julia eben zu Onkel Heinrich gezogen war, in sein Häuschen draußen an der Görlitter-Straße. Onkel Heinrich war pensionierter Postoberamtmann und Witwer. Wir liebten ihn nicht nur wegen der Stachelbeeren und Zwetschgen in seinem Garten. Aber ehe wir ihn diesmal zu Gesicht bekamen, hatte uns Tante Julia, vor den staunenden Augen unserer Eltern, schon im Flur beigebracht, wie man artige Knickse und Diener macht. Unsere Kleinste versuchte die neue Tante zu umarmen, stieß sich dabei aber an ihrem Korsett und fuhr entsetzt zurück, und unsere Mutter hatte ihre liebe Not zu erklären, daß Tante Julia keineswegs ihre Knochen außen habe.

Onkel Heinrich, so erfuhren wir bei einem ganz ungewohnt dünnen Kaffee, hatte Tante Julia auf einem Familientreffen kennengelernt; sie war die jüngere Schwester der Gattin des älteren Bruders von Onkel Heinrichs verstorbener Frau. »Da seht ihr, wie recht ich habe«, sagte unser Vater nachher, »daß ich mich nie darauf einlasse, an diesen Familientreffen teilzunehmen.«

»Und dabei war's eigentlich ausgemacht, daß wir Onkel Heinrichs Haus mal erben«, sagte unsere Mutter trübe.

Vater lachte und sagte: »Ich möchte nur mal wissen, ob sie's wohl miteinander treiben!«

»Aber Eduard«, empörte sich Mutter, »du hast doch gesehen, Onkel Heinrich ist rauf in die Dachkammer gezogen.«

Erst im Frühjahr zeigte sich voll und ganz, wie tief Tante Julias Einfluß ging. Immer hatte Onkel Heinrich behauptet, Kürbisse schmeckten langweilig und nähmen nur Platz im Garten weg, wenn unsere Mutter ihm vorgeschwärmt hatte, wie gut süß-sauer eingelegtes Kürbisfleisch im Winter zu Bratkartoffeln paßt. — Jetzt aber krochen nicht nur auf dem Komposthaufen die Kürbisranken erobernd voran, auch vor den Bohnenstangen und unter den Apfelbäumen machten sie sich breit, und Onkel Heinrich schwieg demütig, wenn Tante Julia verkündete, der Kürbis sei schlichtweg die dankbarste, üppigste und schmackhafteste Gartenfrucht. Als aber unsere Mutter ihr mit ihren süß-sauer eingelegten Kürbissen kam, da lachte sie abfällig: »Guter Gott, es gibt Dutzende von internationalen Kürbisrezepten!«

In jenem Spätsommer, als zum erstenmal in Onkel Heinrichs Garten überall gelb und breit die dicksten Kürbisse aus dem Grün grinsten, da wurde auf unserem Postamt eine personelle Erweiterung vorgenommen: es kam aus der Stadt die Postobersekretärin Fräulein Wischnat; und da Onkel Heinrich sowieso mindestens einmal wöchentlich seine frühere Dienststelle aufsuchte, wurde man bekannt. Und einmal sagte Onkel Heinrich, während er mit unserem Vater auf einem abgelegten Gartenweg wandelte: »Hätte ich nicht diese Julia am Hals, dann könnte Fräulein Wischnat bei mir wohnen; schließlich hat man gemeinsame berufliche Interessen.«

Immerhin, sie kam öfter, saß rundlich und frisch im Wohnzimmer und plauderte mit dem auftauenden Onkel Heinrich, während man von Tante Julias Platz her nur das dürre Klappern der Stricknadeln hörte.

Als aber eines Abends im Oktober Fräulein Wischnat das Haus in der Görlitterstraße fröhlich und ahnungslos verließ, das »Schlafen Sie recht wohl!« des Onkels noch im Ohr, da hob sich hinter der Hecke ein gräßliches Gespenst mit glühenden Augen und feurigem Maul im ungeheuren Schädel. Fräulein Wischnat tat nur einen einzigen Schrei, floh auf die Straße und rannte stracks weiter bis auf ihr möbliertes Zimmer. — Onkel Heinrich aber stürzte sich mit seinem Spazierstock aus dem Haus und zerschlug das Ungeheuer, das nichts gewesen war als ein ausgehöhlter Kürbis mit einer Kerze und auf einer Bohnenstange.

»Nein, das war kein Dummerjungenstreich!«, fauchte Onkel Heinrich, als unser Vater ihn tröstete. Fräulein Wischnat, die auch nicht mehr die Jüngste war, mußte wegen Herzbeschwerden eine ganze Woche lang dem Schalterdienst fernbleiben.

Dann aber gesundete sie und wagte sich auch wieder in das Haus an der Görlitter-Straße.

Tante Julia hatte an diesem Abend zu einem Kürbisessen eingeladen, und da wir uns nicht aus der Küche verjagen ließen, mußte sie uns wohl oder übel erklären, was sie da zubereitete. »Es ist ein ungarisches Rezept«, sagte sie, »Ich habe 1 1/2 Kilo Kürbisfleisch in Würfel geschnitten.« Und sie zeigte auf eine Schüssel, während in der Pfanne schon reichlich durchwachsener Speck, feingehackte Zwiebeln und Knoblauch zischten. Tante Julia fügte einen Eßlöffel Paprika und zwei Eßlöffel Tomatenmark bei, verrührte alles und gab die Kürbiswürfel hinzu. Dann goß sie etwas Fleischbrühe an und ließ schmoren und sagte dabei leise: »Ich hoffe nur, daß es auch Fräulein Wischnat mundet; die Dame scheint mir etwas provinziell, und dies Rezept stammt wie gesagt immerhin aus Ungarn.« Sie quirlte einen Eßlöffel Mehl in einem Achtelliter saurer Sahne, rührte auch das noch zum Inhalt der Pfanne und ließ nochmal fünf Minuten köcheln, ehe sie pfefferte und salzte.

Tante Julia trug die Schüssel mit dem Kürbisgemüse auf, als handele es sich um eine getrüffelte Wildpastete; aber nicht nur dies bewirkte, daß wir tüchtig zulangten, es schmeckte auch. Und Tante Julia mußte wiederholt mahnen: »Auch Fräulein Wischnat möchte noch!«

Am nächsten Tag rief Onkel Heinrich von der Post aus bei uns an: »Wie ist euch das Essen gestern bekommen?«

»Ausgezeichnet«, sagte unsere Mutter. »Mir auch«, kam dumpf die Stimme Onkel Heinrichs aus dem Hörer, »ich begreife das nicht. Man hat Fräulein Wischnat noch nachts ins Krankenhaus eingeliefert. Der Arzt spricht von Vergiftungserscheinungen!«

Diesmal war Fräulein Wischnat volle 14 Tage dienstunfähig. Wir sahen sie vorerst nicht mehr.

So kam das Frühjahr. Onkel Heinrich zog bereits auf dem Küchenbord neue Kürbispflanzen. Und Tante Julia hatte die letzten Früchte der Vorjahrsernte aus dem Keller auf ihr Zimmer geholt. Sie waren immer noch rund und schön, und Tante Julia sagte: »Nun wäre ihnen feuchte Kellerluft schädlich.« Und sie legte immer abwechselnd einen Kürbis in die Frühlingssonne auf's Fensterbrett. »Das gibt ihnen das feinste Aroma und die letzte Süße«, sagte sie.

Das Fenster der Tante ging auf den Garten. Und unter dem Fenster hatte Onkel Heinrich eine Bank gezimmert. Darauf saß Tante Julia an einem schönen Aprilnachmittag und strickte. Es war gegen drei Uhr, und niemand weiß, ob ein Windstoß die Ursache war oder die Erschütterung etwa durch eine im Haus zugeschlagene Tür oder einen draußen vorbeifahrenden Lastwagen, oder ob gar der in Frage stehende Kürbis auf der äußeren, der sonnenzugewandten Seite zuviel letzte Süße entwickelt hatte, jedenfalls neigte er sich und stürzte vom Fensterbrett. Es war ein schweres Schädeltrauma mit Genickbruch verbunden, woran — wie der Arzt feststellte — Tante Julia augenblicks verstorben sein mußte. — Der Richter sprach bei der Begründung für die Einstellung des Verfahrens von einem »durch die Geschädigte selbst causal bedingten Unglücksfall.«

Nach angemessener Zeit bezog Fräulein Wischnat das freigewordene Zimmer bei Onkel Heinrich und unser Vater hat nie gefragt, ob's die beiden wohl miteinander trieben.

REZEPTE

Alkoholisierte Erdbeeren nach Onkel Ferdinand

4 Schüsselchen Erdbeeren, gewaschen und entkelcht,
3/4 Tasse Zucker
3 Gläschen Sherry-Brandy
1 Tasse Champagner
1 Gläschen Cointreau
2 Tassen geschlagene Sahne
1/4 Tasse gehackte Mandeln

Die Erdbeeren in einer Schüssel mit dem Zucker überstreuen und mit dem Sherry-Brandy übergießen; vorsichtig durchmischen und zwei Stunden stehenlassen.

Die Sahne mit einem Gläschen Cointreau mischen.

Die Erdbeeren auf die Dessert-Teller verteilen, mit dem Champagner übergießen und die Sahne daraufhäufen.

Zum Schluß die gehackten Mandeln aufstreuen.

Alkoholisierte Brotscheiben nach Onkel Ferdinand

8 Weißbrotscheiben
1 Tasse Milch
3 Eier, geschlagen
Butter
getrocknete Apfelringe, Aprikosen, Rosinen
über Nacht eingeweicht
1/2 Tasse Apricot-Brandy
1/2 Tasse trockener Sherry
1/2 Tasse Honig
Mandelsplitter

Die Weißbrotscheiben werden nochmal der Länge nach geteilt und kurz in Milch geweicht. Man läßt die Milch von den Scheiben ablaufen und zieht diese kurz durch geschlagene Eier.

In der Pfanne wurde Butter geschmolzen, und dahinein gibt man die Brotscheiben, bis sie beiderseits leicht gebräunt sind.

Die Scheiben werden nun auf ein Blech oder eine feuerfeste Platte gelegt.

Die getrockneten Früchte sind eine Nacht in dem Apricot-Brandy geweicht worden und damit werden nun die Schnitten belegt.

Die gequirlten Eier, der Sherry, der Honig werden verrührt und über die Schnitten gegossen, die Mandelsplitter darübergestreut.

Der Backofen, auf 180 ° vorgeheizt, nimmt die alkoholisierten Weißbrotschnitten nochmal für 20 Minuten auf, die nun heiß oder auch kalt serviert werden können.

Alkoholisiertes Huhn nach Onkel Ferdinand

Etwa zwei Kilo Brathuhnteile
Butter und Olivenöl
1/3 Tasse Cognac
1/3 Tasse Bourbon-Whiskey
1/3 Tasse Portwein
2 Eigelb
1 Töpfchen Sahne
Pfeffer, Salz

Die Hühnchenteile werden mit Pfeffer und Salz eingerieben.

In einer Pfanne werden Butter und Olivenöl erhitzt, und die Hühnchenteile darin rundherum gut gebräunt.

Dann werden sie aus dem Fett gehoben und in eine Kasserolle oder feuerfeste Schüssel gelegt und in den auf 180° vorgeheizten Backofen gestellt.

Nun kann die Sauce zubereitet werden: Das meiste Fett aus der Pfanne abschöpfen. Den Cognac, den Bourbon, den Portwein in die Pfanne gießen und durch Rühren den Bratensatz lösen.

Bei gelinder Hitze wird der Inhalt der Pfanne auf etwa die Hälfte bis ein Drittel reduziert.

Die Eigelb verquirlt man nun mit der Sahne und rührt die Mischung in die Sauce ein, die nun nicht mehr kochen soll. Man schmeckt ab und gibt diese Sauce über die Hühnchenteile.

Dazu wird Reis serviert.

RIO
S.O.P.

Kürbissuppe in Onkel Ferdinands größtem Kürbis

Wir brauchen dazu einen unversehrten, regelmäßig gewachsenen, nicht zu kleinen Kürbis. Man schneidet rund um den Stiel einen Deckel aus, der groß genug ist, daß man bequem mit der Hand und auch später mit dem Rührlöffel in den Kürbis hineinlangen kann. Beim Ausschneiden dieses Deckels sollte man darauf achten, daß dieser gut und fest aufgesetzt werden kann, also nicht ins Innere des Kürbis rutscht. Dazu ist es erforderlich, dem Deckel eine konische Form zu geben. Das geschieht dadurch, daß man das Messer beim rundum Ausschneiden nicht senkrecht, sondern mit der Spitze immer zur Mitte hin schräg hält.

Aus dem so geöffneten Kürbis wird die Faserschicht mit den Kernen entfernt. Man kann die Kürbiskerne aus der Faserschicht lösen, in etwas Butter rösten und dann mit dem Schneidstab zerkleinern. Dieser Masse fügt man etwa 100 Gramm ebenfalls zerkleinerte Walnußkerne hinzu.

Die Suppengrundlage bildet eine Fleischbrühe. In diese Brühe geben wir Kürbisfleisch, etwa 200 Gramm, das wir vorsichtig aus der oberen Schicht innen abgeschabt und kleingeschnitten haben.

Zwei oder drei Scheiben Weißbrot werden in kleine Würfel geschnitten und angeröstet. Auch diese Würfelchen geben wir in die Fleischbrühe. In einem Töpfchen Sahne wurden zwei Eigelb verrührt, die ebenfalls in die Suppe kommen. Auch die Paste aus Kürbiskernen und Walnußkernen (im Mörser zerrieben) wird hineingegeben.

200 Gramm Gruyèrekäse wurden in kleine Würfel geschnitten und ebenfalls in die Suppe gegeben, die

man nun noch fürs erste mit Pfeffer und Salz abschmecken kann. Sie wird später noch einen Hauch Muskat bekommen und vielleicht mit etwas braunem Rum eine besondere Note.

Nun wird das alles in den Kürbis gefüllt. Der Deckel wird aufgesetzt, und der Kürbis kommt ganz in den Backofen, der zunächst auf 120 ° vorgeheizt ist; nach ein bis zwei Stunden — je nach Größe des Kürbis wird die Temperatur auf 80 ° gesenkt. Nun wird man nochmal ein bis zwei Stunden garen lassen, ehe man die Kürbissuppe im Kürbis auf den Tisch bringt.

Zu jeder Portion, die auf den Teller geschöpft wird, schabt man innen vom Kürbisfleisch eine passende Menge ab.

Fischsuppe Bar Aragon

1 1/2 Kilo verschiedene Fischsorten
1/3 Tasse Olivenöl
3 Lorbeerblätter
1 1/2 Tassen feingehackte Zwiebeln
3 Knoblauchzehen, zerdrückt
2 bis 3 gepellte und zerdrückte Tomaten
3 Tassen Weißwein, trocken
1 Tasse Wasser
1/4 Tasse Petersilie, feingehackt
1/4 Tasse Basilikum, feingehackt
Salz und schwarzer Pfeffer

Die Fische werden ausgenommen, gewaschen, entgrätet und in Stücke geschnitten.

In einer Kasserolle wird das Öl erhitzt und die Fischstücke darin gut angebräunt. Man gibt Salz und Pfeffer sowie die Lorbeerblätter dazu und läßt, nun bei kleiner Flamme, noch 15 Minuten schmoren. Dann nimmt man die Fischstücke aus dem Sud und stellt sie warm.

In den Sud kommen nun nacheinander die Zwiebeln, der Knoblauch, die Tomaten. Wenn alles sautiert ist, wird der Wein zugeschüttet und das kochende Wasser; man läßt nochmal 25 Minuten kochen, während denen man die Petersilie zufügt. Darauf kommt der Fisch wieder in die Brühe und darf darin 10 Minuten sanft garen. Ganz zum Schluß gibt man das Basilikum hinzu.

Serviert wird auf am Boden des Tellers liegenden gerösteten und mit Knoblauch eingeriebenen Brotscheiben.

Passato di pesce a la Dottore Fliehtmann

1 kg Fische oder Fischfilets
1 große Zwiebel, gehackt
3 Fleischtomaten, gepellt und zerschnitten
2 Möhren, feingeschnitten
2 Selleriestangen, feingeschnitten
3 Knoblauchzehen, zerdrückt
1 Sträußchen Petersilie, feingehackt
Olivenöl
Salz und weißer Pfeffer

Die vorbereiteten Fische in Stücke schneiden. Alle Gemüse werden feingehackt und dann in gut sechs Eßlöffeln Öl geschmort. Wir beginnen mit den Zwiebeln; wenn diese sich eben bräunen, werden die Tomaten hinzugefügt und kleingedrückt, dann folgen die kleingeschnittenen Möhren und die Selleriestangen, schließlich die Knoblauchzehen und die Petersilie. Der Sugo wird gesalzen und gepfeffert, und nachdem er unter Umrühren einige Minuten geköchelt hat, gibt man reichlich einen Liter kochendes Wasser dazu. Nach zehn Minuten Kochzeit gibt man die vorbehandelten Fische in die Brühe. Sie garen – auf kleiner Flamme – noch knappe 15 Minuten darin.

Nun wird die ganze Suppe durch ein Sieb passiert und danach die so entstandene homogene, leichtflüssige Creme nochmals für einige Minuten unter Rühren erhitzt.

Serviert wird diese Fisch-Creme-Suppe mit geröstetem Brot.

Durch Reduzieren über sanftem Feuer kann diese Fischsuppe etwas eingedickt und als Spaghetti-Soße verwendet werden. Man gibt sie zu den Spaghetti in den Topf und mischt durch Schwenken.

Spaghetti alla Trastevere

200 g Hühnerfleisch (Hühnerklein)
1/8 Liter süße Sahne
2 Eigelb
Olivenöl
1 kleine Zwiebel, feingehackt
2 Knoblauchzehen, zerdrückt
100 g Schinkenspeck, in feine Streifen geschnitten
1 Tomate, enthäutet und kleingeschnitten
1 Glas Rotwein
Brühe vom Huhn
Salz und weißer Pfeffer
etwas Zucker
Zitronensaft

Das Hühnerfleisch wird in wenig Wasser gekocht. Das Fleisch von den Knochen lösen, die Brühe aufheben. Das Fleisch sehr fein hacken, oder durch den Wolf drehen.

Olivenöl in der Pfanne erhitzen, die feingehackte Zwiebel und die Knoblauchzehen hineingeben, den Schinkenspeck anrösten, das passierte Hühnerfleisch mit der Sahne und den Eigelb mischen und ebenfalls in die Pfanne geben, leicht anschmoren, dann die Tomatenstückchen zugeben und zerdrücken, das Gläschen Rotwein zuschütten, mit der Hühnerbrühe verdünnen. Unter ständigem Rühren eindampfen lassen, mit Salz, Pfeffer, Zucker und Zitronensaft abschmecken.

Man kann die Spaghetti mit diesem Sugo schwenken, oder zum Selbermischen auf jede Portion von dem Sugo geben.

Parmesankäse als Würze aufstreuen.

Gnocchi verdi alla Trastevere

250 g Spinat, geputzt und kleingehackt
eine große Zwiebel, feingehackt
2 Knoblauchzehen, zerdrückt
150 g Ricotta oder Schichtkäse
2 Eier
100 g Parmesankäse, gerieben
4 Eßlöffel Mehl
reichlich Basilikumblätter
Olivenöl
Salz und weißer Pfeffer
Zitronensaft

Der Spinat wird zusammen mit der feingehackten Zwiebel und dem zerdrückten Knoblauch leicht gesalzen in einem Topf kurz gekocht. Man braucht dazu kaum Wasser.

Gut abtropfen lassen und dann mit dem Ricotta oder Schichtkäse, den Eiern, 80 g geriebenem Parmesan und dem Mehl zu einem Teig verkneten. Die Masse mit Salz und Pfeffer würzen, die kleingehackten Basilikumblätter untermischen und runde oder ovale Bällchen formen.

Man läßt diese an kühlem Ort eine halbe Stunde ruhen.

Nun wird schwach gesalzenes Wasser zum Kochen gebracht und die Gnocchi verdi mit dem Schaumlöffel hineingelegt. Wenn sie an die Oberfläche steigen, sind sie gar.

Man nimmt sie heraus, läßt das Kochwasser ablaufen, träufelt etwas Zitronensaft darüber und bestreut mit dem restlichen Parmesankäse.

Man kann die Platte mit den Gnocchi nochmal in den Backofen stellen, bis der Parmesankäse schmilzt.

Garbure-Suppe nach Oberregierungsrat Pohlböller

100 g trockene weiße Bohnen von der kleinen Sorte
100 g grüne Stangenbohnen, grob geschnitten
2 Zwiebeln, grobgeschnitten
4 Knoblauchzehen, gehackt
drei Eßlöffel Fett (Gänseschmalz am besten)
1 kg Fleisch (Schweineschulter, Geflügel, Wild je nach Angebot oder in Mischung)
100 g Möhren, in Scheiben geschnitten
1 Stange Porree, in Scheiben geschnitten
150 g Weißkohl, kleingeschnitten
1 Kartoffel, gewürfelt
3 Stangen Sellerie, in Scheiben geschnitten
1 Sträußchen Petersilie
1 Sträußchen frisches Kerbelgrün oder 1/2 Teelöffel Kerbelsamen
reichlich Basilikum, grobgeschnitten
Salz, weißer Pfeffer
Meerrettich, gerieben

Die weißen Bohnen werden am Abend vorher mit einem Liter Wasser eingeweicht, dann mit dem Einweichwasser in den Kochtopf gegeben und zum Kochen gebracht.

Die grobgehackten Zwiebeln und die Knoblauchzehen werden in dem Fett glasig geschmort, dann werden die Fleischstücke hineingegeben und rundum angebraten. Das Fleisch in die kochende Suppe geben.

Im Sud in der Pfanne auch die kleingeschnittenen Gemüse anschwitzen und gut dabei durchrühren. Dann ebenfalls der Suppe beigeben. Petersilie und Kerbel werden hinzugefügt, es wird gesalzen und gepfeffert. Ganz zum Schluß, nach dem etwa zweistündigen Kochprozeß, wird das Basilikum eingerührt. — Den Geschmack der Brühe, die während des Kochens mit etwas Wasser verdünnt wurde, kann man mit einem Eßlöffel Bierhefe verstärken.

Das Fleisch wird zum Servieren aus der Suppe genommen und gesondert mit Meerrettich verzehrt.

Heilbutt von der Insel Rabnabad

1 Kilo Heilbuttfilet, Olivenöl
6 Knoblauchzehen, drei in Scheiben, drei zerdrückt
ein daumengroßes Stück Ingwerwurzel, die eine Hälfte in kleine Stücke gehackt, die andere gerieben
3 Eßlöffel Senfkörner
2 Töpfchen Joghurt
3 Eßlöffel Zitronensaft
1/2 getrocknete Peperonischote, kleingehackt
1 Teelöffel Kurkuma-Pulver
1 Eßlöffel Koriander, gemahlen
Worcestersauce
2 Tomaten, geschält und zerdrückt
1 Zitrone, in Scheiben geschnitten
Salz

Olivenöl in einer Kasserolle heiß werden lassen, den in Scheiben geschnittenen Knoblauch, den gehackten Ingwer und die Senfkörner hineingeben.

Den zerdrückten Knoblauch, den geriebenen Ingwer mit dem Joghurt und einem Eßlöffel Zitronensaft, der kleingehackten Peperonischote, dem Kurkuma, dem Koriander verrühren, mit etwas Worcestersauce abschmecken. Die Mischung 15 Minuten eindampfen lassen. Die zerdrückten Tomaten untermischen und nochmals einige Zeit köcheln lassen und dann salzen. Alles in die Kasserolle geben.

Der Fisch wird mit Zitronensaft beträufelt, mit Salz eingerieben und auf ein Blech oder in eine feuerfeste Form gelegt. Im Backofen bei 120 Grad 5 bis 10 Minuten anschmoren. Dann den Inhalt der Kasserolle über den Fisch gießen und mit dünnen Zitronenscheiben belegen. 20 Minuten bei 180 Grad überbacken. Dazu Reis servieren.

Der nord-südliche Stockfisch

1 Kilo Stockfisch, gewässert, enthäutet, entgrätet
2 mittlere Zwiebeln, feingehackt
1 Porreestange, das Weiße in Scheiben geschnitten
4 Knoblauchzehen, kleingehackt
4 Sardellen in Öl eingelegt, zerdrückt
1 Büchse gepellte Tomaten
1 Sträußchen Petersilie
Olivenöl und Butter
1 Glas Weißwein
Salz und weißer Pfeffer

Der Stockfisch wird in handliche Stücke zerschnitten oder gehackt und dann mindestens 24 Stunden gewässert. Das Wasser muß einigemale gewechselt werden.

Nun wird der eingeweichte Stockfisch in mundgerechte Stücke zerschnitten, nachdem er enthäutet und entgrätet ist.

Man gibt Olivenöl und Butter in die geräumige Pfanne, läßt darin die Zwiebeln anbräunen, gibt den zerdrückten Knoblauch und die Porreescheiben hinzu. Rührt gut um und läßt etwas schmoren. Dann die gepellten und zerdrückten Tomaten sowie die Sardellen beigeben und erneut schmoren lassen. Zum Schluß die Stockfischstücke in den Sud geben, ein Glas Weißwein anschütten die gehackte Petersilie überstreuen und leise köcheln lassen, bis die Fischstücke gegart sind. Mit Salz und weißem Pfeffer abschmecken.

Doktor Salanganes Fischauflauf

600 g Kabeljau, in 4 Portionen geteilt
1 mittlere Sellerieknolle
Meerrettich, ein daumengroßes Stück, frisch gerieben oder Paste
3 Sardellenfilets
1 Töpfchen saure Sahne
Saft von einer halben Zitrone
1 Tasse Weißwein
3 Knoblauchzehen
1 Eigelb
Salz und weißer Pfeffer
Butter

Die Sellerieknolle wird angekocht, dann in Stifte geschnitten oder gerieben. Sie wird mit dem geriebenen Meerrettich vermischt, das halbe Töpfchen saure Sahne kommt hinzu, ebenso der Saft der halben Zitrone. Mit Salz und Pfeffer würzen.

Die Sardellenfilets werden zerdrückt, mit der anderen Hälfte der Sahne verrührt, ebenso wird der Weißwein zugegeben. Die zerdrückten Knoblauchzehen und das Eigelb werden untergemischt. Mit Salz und Pfeffer würzen.

Nun werden die Fischportionen gesalzen und gepfeffert und in eine mit Butter ausgeriebene Form gelegt. Die Sellerie-Meerrettich-Zubereitung wird rundumgelegt, die Sardellensoße über die Fischstücke gegossen.

Nun wird im Backofen bei 150 Grad gegart, bis die Soße an der Oberfläche feste Konsistenz zeigt.

Hans-Hermanns gefüllte Datteln

50 g Pinienkerne
50 g Walnußkerne
Honig
Parfait Amour-Likör *
Zimt
Pro Person 8 bis 10 Datteln, die vorsichtig entsteint wurden

Pinienkerne und Walnußkerne werden püriert. Statt der Walnüsse kann man auch Mandeln nehmen. Mit Honig und Likör wird die Masse geschmeidig gemacht und gesüßt, mit Zimt gewürzt.

Dann in die Datteln füllen.

* Veilchenlikör mit den Geschmackskomponenten Muskat, Feigen, Blüten- und Zitrusaroma und dem zarten Duft der Iriswurzel, dem man in Frankreich des 19. Jahrhunderts eine liebesfördernde Wirkung nachsagte (Hersteller: Bols).

Makrelen nach Art der Amministratora Rumia

8 mittlere oder 4 große Makrelen
Mehl zum Panieren
Öl zum Fritieren
Olivenöl für den Sugo
1 mittlere Zwiebel, feingehackt
8 Knoblauchzehen, mit Salz zerdrückt
1/2 kg Tomaten, enthäutet und zerdrückt
150 g schwarze eingelegte Oliven, entsteint
Origano, eine reichliche Messerspitze
eine Handvoll Basilikumblätter, feingeschnitten
Salz und grob gemahlener schwarzer Pfeffer

Den Makrelen die Flossen abschneiden, ausnehmen, waschen und abtrocknen. Dann die Fische in Mehl wälzen und in reichlich siedendem Öl, fast schwimmend, fritieren. Bald herausnehmen und das Öl auf Küchenpapier abtropfen lassen.

Nun den Sugo bereiten: die Zwiebel feinhacken, den Knoblauch zerdrücken, beides in sechs Eßlöffeln Olivenöl glasig werden lassen, die Tomaten und die entsteinten Oliven hinzugeben, mit dem Origano, Salz und Pfeffer würzen und köcheln lassen. Nach etwa 10 Minuten die fritierten Makrelen in den Sugo geben und nochmals 5 Minuten — mehr ziehen als schmoren lassen. In den letzten Minuten die Basilikumblätter dem Sugo beimischen.

Alessandro Lucratellis Cappon magro con pane tostato

Für den Cappon magro:
Eine 200 g-Büchse Thunfisch in Öl
eine 200 g-Büchse Corned Beef
4 Eier, hartgekocht und gehackt
20 grüne Oliven, entsteint und in Scheiben geschnitten
4 Knoblauchzehen, zerdrückt
Salz, weißer Pfeffer, Balsamico-Essig, Olivenöl

Alle Ingredienzien werden gemischt und mit Olivenöl, Balsamico-Essig, Salz und Pfeffer angemacht.

Für den Brotaufstrich:
Ein Röhrchen oder eine kleine Büchse
Sardellenfilets in Öl
10 Knoblauchzehen, in feine Scheibchen geschnitten
4 Eigelb, gekocht und püriert
2 Eßlöffel Kapern, eingelegt
wenn nötig Salz,
schwarzer Pfeffer

Die Knoblauchscheibchen in heißem Olivenöl goldbraun anbraten und herausnehmen. Die Sardellenfilets zerdrücken und mit dem pürierten Eigelb mischen, die Kapern und die angerösteten Knoblauchscheibchen unter die Paste mengen.

Weißbrotscheiben auf beiden Seiten in dem Knoblauchöl anbraten, aus der Pfanne nehmen. Die Sardellen-Paste auf die Brotscheiben streichen.

Kürbis nach Tante Julias Art

1 1/2 kg Kürbisfleisch, in Würfel geschnitten
50 g Butter
150 g Schinkenspeck, kleingewürfelt
2 Zwiebeln, kleingehackt
2 Zehen Knoblauch, kleingehackt
1 Eßlöffel Paprika, süß
2 Eßlöffel Tomatenmark
1/4 Liter gute Fleischbrühe
1/8 Liter saure Sahne
1 Eßlöffel Mehl

Die Butter in einer geräumigen Pfanne schmelzen und den Schinkenspeck, die Zwiebeln und den Knoblauch darin leicht bräunen. Paprika und Tomatenmark dazurühren. Die Kürbiswürfel hineingeben. Die Fleischbrühe angießen, köcheln und reduzieren lassen.
Einen Eßlöffel Mehl in der sauren Sahne verrühren und zum Inhalt der Pfanne geben, gut verrühren und nochmal bei kleiner Flamme 5 Minuten köcheln lassen.